Running for Governor

竞选州长

［美］马克·吐温　著

顾明　译

百花洲文艺出版社

图书在版编目（CIP）数据

竞选州长 / (美) 马克·吐温著；顾明译. — 南昌：
百花洲文艺出版社，2024.3
ISBN 978-7-5500-5421-9

Ⅰ. ①竞… Ⅱ. ①马… ②顾… Ⅲ. ①中篇小说 – 小
说集 – 美国 – 近代②短篇小说 – 小说集 – 美国 – 近代
Ⅳ. ①I712.44

中国国家版本馆CIP数据核字(2024)第039262号

JINGXUAN ZHOUZHANG

竞选州长

[美] 马克·吐温　著　　　顾明　译

出 版 人　陈　波
出 品 方　师鲁贝尔
责任编辑　刘　云　徐文娟
装帧设计　师鲁贝尔
制　　作　师鲁贝尔
出版发行　百花洲文艺出版社
社　　址　南昌市红谷滩区世贸路898号博能中心Ⅰ期A座20楼
邮　　编　330038
经　　销　全国新华书店
印　　刷　唐山楠萍印务有限公司
开　　本　880 mm×1 230 mm　1/16　印张　11
版　　次　2024年3月第1版
印　　次　2024年3月第1次印刷
字　　数　114千字
书　　号　ISBN 978-7-5500-5421-9
定　　价　59.00元

赣版权登字　05-2024-13

邮购联系　0791-86895108
网　　址　http://www.bhzwy.com
图书若有印装错误，影响阅读，可与承印厂联系调换。

扫码听故事

竞选州长

contents
·目 录·

chapter 01

001 竞选州长

chapter 02

009 我给参议员当秘书的经历

chapter 03

017 神秘的访问

chapter 04

025 我怎样编辑农业报

chapter 05

033 败坏了赫德莱堡的人

Running for Governor

chapter 06

108 他是否还在这个世界上?

chapter 07

121 高尔斯密士的朋友们又到国外去了

chapter 08

133 一个真实的故事

chapter 09

140 被偷的白象

chapter 01

·竞选州长·

　　我在几个月以前成了独立党的纽约州州长候选人，一同竞选的还有约翰·霍夫曼先生和斯图尔特·伍德福先生。与这两位先生相比，我总认为自己有一项明显的优势，那就是我的名声很好。即使他们曾经知道保持名誉的好处，那也已经是过去的事了，这点很容易就能从报纸上看出来。显而易见，人们近几年来已经看惯了各种各样可耻的罪行。然而就在我为自己的好名声陶醉，并因此暗暗得意的时候，我那快乐的心情却被一股扫兴的浑浊暗流"搅乱"了。我无可奈何地看着人家拿我的名字去与那些人相提并论，并且到处传播。我感觉心情越来越烦躁。随后我给我的祖母写信，把这件事告诉了她。她的回信又快又果断。她说——

　　你这辈子从来就没有做过一桩可羞耻的事儿——从来没有。你好好看看报纸，再好好想想，想明白霍夫曼和伍德福这两位先生到底是怎样的人，然后再想想你愿不愿意把自己降到那种层次，去和他们一道竞选州长。

　　恰好，我也是这么想的！那天晚上我一夜无眠。只是到了现在这种地步，我也不能打退堂鼓了。我既已身处旋涡，就只能继续干下去。早餐时，我无精打采地翻阅报纸，忽然间看到了这么一段话。说实话我还是第一次这么吃惊——

　　伪证罪——马克·吐温先生现在既然成了州长候选人，也许能赏脸解释解释，为什么一八六三年在交趾支那的瓦卡沃克，会被三十四个证人指证犯了伪证罪，目的是夺取一块贫瘠的香蕉园，那可是当地一个生活凄惨的寡妇和她的儿女在失去亲人后唯一的生活来源。只有交代清楚这件事，吐温先生才能对得起他自己，对得起那些投票支持他的人民群众。他是否愿意交代呢？

　　这种残酷无情的诬蔑让我惊怒不已，在一瞬间我感觉肺都要被气炸了！我连听都没听过交趾支那！更不要提什么瓦卡沃克！我根本就不知道什么香蕉园，在我眼里，它和一只袋鼠毫无区别！该怎么办呀！我一点儿头绪都没有，简直要被弄得神经错乱了。那一天我过得浑浑噩噩，没有采取任何行动。第二天早上，这家报纸上什么别的内容都没写，独独登着这样一句话——

耐人寻味——想必大家都注意到了，就那桩交趾支那的伪证案，吐温先生仍保持缄默，似有隐衷。

（附注——在此后的竞选期间，这家报纸但凡提到我，就会用"无耻的伪证制造者吐温"作为称呼。）

然后是《新闻报》，上面登着这么一段——

值得探究——为了本市所有焦急等待投票的市民，诚请新任州长候选人马克·吐温先生解释一下下述事实，解除他们的疑虑。在蒙大拿时，与吐温先生同住一间小房子的伙伴们不时有贵重物品丢失，后来这些物品一件不少地在吐温先生的"皮箱"（他用来包裹身边物品的报纸）里或在他身上被找到。大家为了让他学好，不得不对他进行了一些善意的"矫正"，他们用柏油涂满他的全身，再粘上鸡毛，让他享受享受"坐木杠"①的

---

① 一种侮辱人的美国传统私刑。把认为有罪的人捆住，全身涂满柏油，粘上羽毛，让其骑坐在一根削尖的木棍上，抬起来游街示众，有时为了加重痛苦，还在其双脚上各挂一个铁球。

苦头，然后又将他永远地驱逐出那地方了。他能解释一下这到底是怎么回事吗？

还有比这更居心险恶的谣言吗？明明我这辈子都没去过蒙大拿。（从那以后，这家报纸就开始用"蒙大拿的小偷吐温"称呼我了。）

于是我逐渐开始对报纸有了戒备心，一拿起报纸就感觉胆战心惊——就像一个犯困的人想要睡觉，可拿起被子时总是提心吊胆，担心底下有一条响尾蛇。过了几天，我又翻到这么一条——

真相大白！——根据水街的启特·博恩斯先生、约翰·亚伦先生及五点区的麦克尔·佛莱纳根先生三人宣誓担保的证词，现已证明马克·吐温先生诬蔑我党领袖约翰·霍夫曼已逝的祖父，称他是因盗窃罪被绞死的。这是一种卑鄙下流的说法，是无端的谣言，没有一点儿事实依据。为了博得政治上的成功，竟然使用这么无耻的手段，用谣言玷污他人名誉，诋毁一位生前德高望重的人士，叫正人君子看了实在是寒心。这种卑鄙的谣言必然会引起无辜死者的亲友的悲恸，一想到这些，我们几乎激动得要即刻采取行动，鼓动受了蒙蔽和愚弄的公众去非法报复诽谤者。但我们不这样做！就让他受良心的谴责，独自苦痛吧。（不过如果公众被盲目的愤怒支配，以至在感情的冲动下对诽谤者加以人身的伤害，陪审员显然是不会判定这些出于正义的人有罪的，法院也无法处罚他们。）

末尾那句狡猾的暗示显然发挥了作用，当天夜里就有一群"义愤又冲动的公众"从前门闯进我的房子。我被吓得赶紧从床上爬起来，从后门逃走了。这些满腔义愤的家伙来势汹汹，一进门就捣毁了窗户和家具，能拿走的财物也都被他们抢光了。但我绝对没有诽谤过霍夫曼的祖父，我可以对着《圣经》发誓。不仅如此，在那一天以前，我连听都没听过这个人。（顺便提一句，我从那以后就被报道这事儿的报纸称作"盗尸犯吐温"了。）

有一天出现了这样一条新闻，立刻引起了我的注意——

一位多么体面的候选人——在昨晚独立党的群众大会上，原定由马克·吐温先生进行一次中伤别人的演说，他却压根没到场！他的医生打来电报，声称一辆狂奔的马车撞倒了马克·吐温先生，他腿上两处受伤，非常痛苦，只能躺在床上，等等，如此这般编了一大堆谎话。独立党党员们极力相信这种卑鄙的借口，故意装作不知道为何这个花天酒地的家伙——他们提名的候选人没能到场。分明有人看见一个醉得不成样子，走路都一歪一倒的家伙，进了吐温先生住的旅馆，且就在昨天晚上。赶快去查证这个醉鬼是不是马克·吐温本人吧，这是独立党党员们不容推脱的义务。绝不能对这件事避而不谈。我们终于问住他们了！人民的呼声响如惊雷，请尽快回答，"那个人到底是不是吐温先生"？

这一不名誉的嫌疑就这样被扣到了我头上，我一时之间无法相信，完全无法相信。我不碰酒已经整整三年了，无论是啤酒、麦酒、葡萄酒，还是其他任何一种酒。

（在那家报纸的下一期上，我真的背上了"酒疯子吐温先生"的诨名。虽然我明知自己会被那家报纸继续这样称呼，一直到竞选结束，但我当时竟然一点都不觉得苦恼。现在想来，足以证明我当时受环境的影响有多大了。）

渐渐地，我收到的邮件大部分都成了匿名信。比如这种常见的——

　　　　那个在你的公馆门口被你一脚踢开的乞讨老太婆，你还记得吧？

　　　　　　　　　　　　　　　　　　　　爱打抱不平的人启

还有这类的——

　　　　关于你干的那些好事儿，我知道点别人都不知道的独家消息。你最好识相一点，快点掏些钱出来孝敬鄙人，要不然本大爷就会对你不客气，叫你在报纸上好好出个风头。

　　　　　　　　　　　　　　　　　　　　　　随便猜敬启

大部分都是这样的内容。在读者厌烦之前，我还能继续举出许多例子，如果你们需要的话。

没几天，我又被民主党的权威报纸强行安上了一桩讹诈案的罪名，并且被共和党控制的报纸"判了罪"，说我进行过大规模的贿赂行为。（就这样，我又获得了两个称号："可恶的讹诈者吐温"和"肮脏的贿赂者吐温"。）

这时候舆论异常沸腾，要求我"回应"所有这些可怕的控诉，甚至我们党里的领袖和主笔们也说，如果再继续保持沉默的话，我在政治上将彻底垮台。好像是还嫌控诉得不够彻底似的，有一家报纸第二天早上又刊登了下面这段话——

认清这个事实！——独立党的候选人仍在保持沉默，因为他完全无法否认。他那种缄默态度就等同于默认，马克·吐温已经承认这些罪状了，对他的所有指控都是事实，现在他再也不能洗脱罪名了。请看你们这位候选人，独立党党员们！看看这个讨厌的讹诈专家，恶心的舞弊者！仔细看看这个醉鬼！盗尸犯！这个蒙大拿的小偷！请看这位声名狼藉的伪证犯！睁开眼睛盯着他，把他仔细打量一番，然后再好好想想：这么一个败类，得了一大串可怕的头衔，犯了滔天罪行，不管哪一条他都不敢出面否认，你们还愿不愿意为他投出你们的清清白白的选票！

这种困境简直没有办法摆脱，所以在深感耻辱之余，我准备要"回应"那些恶毒又下流的谣言和那一大堆可笑的指控了。可是这项工作我到最后都没有机会完成，因为就在第二天早上，再度的恶意中伤让我措手不及，又有一家报纸登出了一条新的可怕的消息，严厉地控诉我，说我因为自己住宅的视野被一个疯人院妨碍了，我就把它和里面所有的病人全都一把火给烧毁了。这让我惊慌不已。然后又有个指控，说我曾经为了夺取财产毒死了自己的叔父，并要求马上挖开坟墓验尸。我简直要被吓疯了。这些还没完，我又被加了一个罪名，说我以前当弃婴收养所所长时，曾经雇用过一些亲戚担任烹饪工作，他们都是些老到牙齿都掉光了的老人。我开始动摇了，退缩了。最后，我身上因为党派相争而遭受的无耻迫害终于自然而然地发展到了高潮：在一个公开的集会上，九个衣衫褴褛、肤色各异、刚学走路的小孩子，被教唆着跑到台上，抱着我的腿叫我爸爸！

我退出了竞选。我甘拜下风，再也坚持不下去了。我没有资格去参与竞选纽约州州长，于是我发布了放弃竞选的声明，并且怀着愤懑的心情，在信末签署了下面的落款：

"您忠实的朋友马克·吐温——从前是个正派人，可是现在成了伪证犯、小偷、盗尸犯、酒鬼、诈骗犯和贿赂者。"

chapter 02
·我给参议员当秘书的经历·

　　我现在已经不给参议员老爷当私人秘书了。本来我兴致勃勃，顺顺利利地在这个职位上干了两个月，但是后来我原形毕露了——也就是说，我干的"好事"找上门来了。我约莫着还是主动辞职比较好。下面是事情的经过：有一天早晨，我的上司叫我过去，于是我偷偷加了一些莫名其妙的话到他最近所作的一次精彩的财政方面的演说里面，然后就马上见他去了。他的领带歪歪扭扭，头发蓬乱，脸上的表情有些可怕，表现出一副雷霆将至、阴云密布的模样。他手里死死捏着几封信件，我一看就知道，那是可怕的太平洋铁路邮件到了。他说：

　　"我还以为我能信任你哩。"

　　我说："当然能，先生。"

　　他说："之前一些内华达州的选民来信要求在鲍尔文牧场建立一所邮局，我交代你写封回信给他们，找几个理由，尽量说得巧妙点，让他们明白那个牧场还没有必要设立邮局。"

我感觉稍微安心一些了。"嗯，先生，那我已经照您的吩咐办了，如果这就是您的意思的话。"

"是呀，你确实照办了。我把你的回信念念，让你惭愧惭愧。

琼斯、史密斯及其他诸位先生：

这应该是玩笑吧？你们竟提出这样的要求？对你们来说，在鲍尔文牧场建一个邮局完全没有任何好处。毕竟就算你们那里有信寄过去，你们也看不懂不是吗？还有一点我相信你们马上就能明白，如果有寄钱的信要经过你们那里送到其他地方，那它是很难从你们那安全通过的，结果就是会给我们大家造成麻烦。你们那地方千万别想着建邮局，还是算了吧。我对你们的利益非常关心，你们最缺乏的是一所免费学校和一座监狱——一所修得结结实实、漂漂亮亮的监狱，明白吗？至于邮局，那只是一种荒唐的门面装饰。对你们来说，学校和监狱才是有长远好处的。它们才能使你们真正满意，真正感觉快乐。我可以立刻把这个议案提交给国会，如果你们同意的话。

参议员杰姆士·××敬启

马克·吐温代笔

十一月二十四日，于华盛顿

"你就是这么回复那封信的。那些人说只要我敢在那附近一带出现，他们就会把我绞死。他们一定会这么干的，容不得我不信。"

"唉，我只是想说服他们呀，我当时真没想到会闯出这样的祸，先生。"

"哈！是呀，我倒一点儿也不怀疑这点，你确实说服他们了。你看，这儿还有另外一封信呢。我之前给过你一封几位内华达州的先生寄来的请愿书，他们向我求助，希望我能让国会通过一个认定当地的美伊莫主教派教会为合法团体的议案。我叫你给他们回信，讲明白只有州议会才有权力制定这种法案；并且还要告诉他们，内华达的宗教派力量目前还很薄弱，所以正式成立教会不太合适。你是怎么写回信的呢？

约翰·哈里菲克斯牧师及其他诸位先生：

你们那个投机事业应该去找州议会解决——国会对宗教的问题向来是不闻不问的。但你们最好也不要急着去找州议会，因为内华达是个新设的州，还不适合设立什么教派——实际上，这甚至过于荒谬了。你们那儿的信教的人，各方面都差得太远了，无论在虔诚、道德，还是智能方面都不行——实力太薄弱了。这个议案根本行不通的，你们最好还是放弃吧。就算办了这种团体，你们也不能发行债券，即使能发行，也会阻碍重重，麻烦不断。这件事会被别的教派拿来攻击，他们会采取手段来对付你们，就像对付你们那里的银矿一样。他们会'卖空头''压低行市'等等，把你们的债券搞垮。他们会绞尽脑汁让民众相信那是'盲目的投机事业'。你们会把这种神圣的事业弄得声名狼藉，你们不该做这种计划。我对你们只有一个意见——你们应该感到羞愧。这是你们在请愿书末尾写的：'我们必定永远祈祷。'在我看来，你们这样做就对了，你们就得这么办。

参议员杰姆士·××敬启

马克·吐温代笔

十一月二十四日，于华盛顿

"选民当中的宗教界人士对我的好感都被这封莫名其妙的信给毁了。我好像生怕自己的政治生涯被毁得不够彻底似的，不知怎么回事，又把旧金山市参议会那些权威议员们寄来的申请书交给了你——他们要求国会制定一项法律，规定由市政府收取旧金山市海滨地区的航运税——让你展示展示文笔。我明明对你说过，在国会里讨论这个问题有一定的危险性。我叫你回信要写得含糊其词，应付一下那些市参议员——尽量不落人口舌——信里要尽可能避免认真讨论和考虑航运税的问题。如果你现在还有一点自知——还知道差耻的话——那么我就把这封你按照我的嘱托写的信念给你听听，你真应该为此感到惭愧。

　　尊敬的市参议会的诸位先生：

　　乔治·华盛顿——我们那受民众敬爱的国父在一七九九年

十二月十四日去世了。实在是令人不胜痛悼,他那光辉灿烂的漫长一生竟已经永远结束。我们这一带的人都很敬仰他,可惜他那么早就去世了,所有人都为此感到悲哀。他从他获得伟大成就和毕生荣誉的场所里安静地离去了。在全世界死去的所有人中,他是最叫人哀悼的英雄。在这样重要的时刻,你们却关注什么航运税!这是对他多大的不敬呀!

名誉不过都是来自偶然,算不了什么!埃萨克·牛顿爵士发现一颗苹果掉到了地上——在他之前,这件事早就被千百万人发现过,这只不过是一个微乎其微的发现——然而,他的父母有权有势,他们将这件小事情说得十分了不起,极力宣扬,结果所有人都老老实实地相信了这种夸大的言辞,于是在一瞬间,他就出名了。好好思考这些话吧。

诗歌啊,美妙的诗歌,世人从你这里得到了多大的好处啊,有谁能评定呀!

'玛丽有一只小羔羊,毛皮雪白又柔亮——

无论玛丽到什么地方去,身边总跟着一只小羔羊。'

'杰克和基尔朝山上去

打了一桶水往山下来;

杰克跌了一跤滚下山,脑袋摔破了血淌淌,

基尔也跟着他滚下来。'

这两首诗内容很质朴,写得很高雅,并且诗中没有糟糕的倾向，所以我觉得它们是很珍贵的艺术品。形形色色的、生活在不同环境的人都适合去领会它们——它们适合商人的行会、田野，甚至育婴室。尤其是参议会，你们最适合欣赏这两首诗了。

亲爱的老顽固，尊敬的先生们！记得常联系。对人最有好处的事情莫过于友谊的书信来往。请再来信吧，要是你们的申请书里提到了什么重要的问题，千万不要有顾虑，一定要再加说明。我们绝不会嫌你们麻烦的。

参议员杰姆士·××敬启

马克·吐温代笔

十一月二十七日，于华盛顿

"真是要命，这封信真是糟透了！你在胡言乱语些什么！"

"唉，信里要是有什么地方不妥当，我确实应该给您道歉，先生。可是……可是我确实没有提到航运税的问题，糊弄过去了呀。"

"糊弄个屁！啊！——算了，这封先不管。我简直完蛋了。既然现在已经遭殃了，干脆就彻底了结吧。干脆让它来个彻底——就用你最后这篇杰作来收尾吧，你听好，我现在就念给你听。我把那封来自亨堡德的信交给你的时候，原本就有点顾虑。他们要求把印第安谷到莎士比亚山峡中间各站的邮路按照旧的摩门路线进行修改。可是这个问题很伤脑筋，我提醒过你，我跟你说过，回信要说得含糊一点，要灵活应对——让他们莫名其妙。可你这个该死的低能脑！你回了一封这么糟糕的信。我看你要是还没有把羞耻心扔干净的话，最好堵上耳朵。

华葛纳、博金施及其他诸位先生：

关于印第安谷路线的变动，这是个很伤脑筋的问题，但我相信只要我们态度含糊些，手腕儿适当灵活些，我们多少能想出一些好办法。因为在这条路线附近，离开拉森草原的地方，有两个邵尼族酋长'云的对手'和'破落冤家'去年冬天的时候被人剥掉了头皮。有些人喜欢摩门路线，但出于各种原因，另外有些人认为别的路线较好。而要走摩门老路，在早上三点就要从莫斯比镇出发，过了爵邦平地和卜廊桥，再往前到湖坝镇，大路经过它的右边，然后又从达圣镇的左边经过，唐马豪克镇就在前头不远。附近的旅客这么走方便一点，也可以省点钱，还可以满足另一些人能够想到的任何愿望，因此也就是说，这样能让大多数人获得最大的好处，所以我才信心百倍，认为这是一个可以解决的问题。如果你们想进一步了解这个问题，只要邮务部提供给我相关情况，我随时准备回信，我很乐于为你们效劳。

参议员杰姆士·××敬启

马克·吐温代笔

十一月三十日，于华盛顿

"你看——你自己觉得这封信写得行吗？"

"啊，我不知道，先生。这，对我来说——这已经够糊弄人的了。"

"糊弄——你给我滚！我要被你害死了。我叫那些亨保德的野蛮人费尽周折去看这么一封胡言乱语的回信，他们绝不会饶了我。我不仅失去了美伊莫教会的支持，还得罪了市参议会那些人——"

"唉，这些我也不想反驳什么，可能我写这两封回信的时候内容写得不大恰当，可是应对鲍尔文牧场那些人时，我实在是处理得很机智呀，将军①！"

"滚出去！你给我滚出去！永远别再回来了。"

我认为他这句话是一种委婉表达，说明他不再需要我的协助，于是我就这样卷铺盖走人了。我下定决心今后再也不给参议员当私人秘书了。这种人什么也不懂，又不知好歹，你就算费尽心思，也没法让他们满意。

---

① 在美国，这是一种展示地位的头衔，人们往往用"上将""将军"等称呼一些较有权势的人——有的是退伍军人，有的则完全没有参过军。

chapter 03

· 神 秘 的 访 问 ·

　　我最近"安家立业"之后，第一个上门拜访的人是一位自称估税员的先生，他介绍说自己是美国国内税收部门的。要我说，他这个行业我可从来没有听说过，可尽管如此，见到他来，我还是挺高兴的，于是我邀请他坐下来谈话。我不清楚这种情况下说什么话比较合适，可是我觉得在别人面前一定要长于交际、潇洒自如才行，健谈对一个自立门户的人来说是必要的素质。因为我实在不知道该说些什么，便问他营业的地点是不是在我们附近。

　　他说是的。（我不愿意表现得没什么见识，可我真的希望他能说一说他干的是什么买卖。）

　　我试探着问道："你的生意好不好啊？"

　　他说："还好。"

　　然后我说，有机会我们会去他那里看看的；如果他的铺子比别家好，让我们满意，我们就会多多照顾他的生意。

他说，他觉得我们一定会非常喜欢他的铺子，愿意做他的独家顾客——他还说，但凡是跟他做过生意的顾客，他就从来没见过哪个把他丢到一边儿，去照顾他的同行的。

这语气听起来有些自鸣得意，可是那个人除了表情带着点大家都有的天生的狡诈外，确实是一副老老实实的模样。

我们谈了一会儿，气氛在不知不觉间缓和了下来，我们似乎相互亲近了起来，关系逐渐融洽——谈话时的情形确实是这样——然后一切都进行得很顺利，像时钟的指针转动一样自然。

我们谈了又谈，说了又说——至少他是这样；我们乐了又乐，笑了又笑——至少我是这样。可是我的头脑从头到尾一直是清醒的——用轮船维修师的话说，我将我那与生俱来的机警"马力全开"。我下定决心，即使他的回复含糊不清，我也要问清他经营的生意不可——而且我还决定要在他还没来得及疑惑并发现我的真正目的之前，就把实情从他嘴里套出来。我打算用一个高深莫测的妙计让他上钩，我要把我所有的事情都告诉他，经过一阵亲密的诱惑性谈话，他就会自然而然地对我热络起来，直到情不自禁地告诉我他所有的事情。我不禁暗暗得意，年轻人，你绝对猜不到和你打交道的是一个多么狡诈的老狐狸啊。我说：

"哎，我敢说你绝对猜不到我在今年春天和冬天去各处演讲挣的钱有多少吧？"

"猜不到——这叫我怎么猜得准呢。我想想啊——让我好好想想。或许两千块钱左右吧？不，先生，应该没有这个数，我知道你挣得没那么多。可能有一千七吧，大概？"

"哈哈！我就知道你猜不中。我今年靠演

讲可是赚了一万四千七百五十块。你看还行吧？"

"哎呀，这真是吓人——多得吓人。我可要把它记下来。这还不是你所有的收入吧？"

"所有？嘻！怎么可能，《呐喊日报》还给了我四个月稿费呢——大概——应该——呃，粗略估计一下，大约有八千块吧。你觉得这个数目怎么样？"

"好家伙！嘻，那我可要忍不住说一句，要是我自个儿也能到那么大一堆钱里打滚就好了。八千！让我记下来吧，八千块！哎，老兄！你不会再来一句——除了这些钱以外，你还有其他收入吧？"

"哈哈！你看到的这只是冰山一角哩。你听我说吧，我还有一本书，《傻子出国记》——看装订的好坏，定价三块五到五块。你竖着耳朵好好听清楚了。不算以前卖掉的那些，只算最近这四个半月，我这书光是在这四个半月的时间里就卖了九万五千本。九万五千本呀！一本平均下来就算四块钱吧。想想看，小伙子，那可是差不多四十万元啊，这里面一半都要归我。"

"我的老天爷哪！这个必须要记下来呀！二十万——八千——一万四千七百五，加起来一共，嘿——我的老天爷呀，一共大约是二十一万四千块！居然这么多，真的假的？"

"怎么会有假！要是有什么不对的地方，那也是少算了一些钱。如果我会计算的话，我这一年的所有收入，就是二十一万四千没错，而且是现款。"

　　这时那位先生起身要离开。我当时非常恼怒，一下子反应过来，我在这个陌生人的大声惊叹中得意忘形，自吹自擂了一阵，把钱数夸大了不少，结果却什么话也没套出来，一无所获。可是那位先生没有立刻就走，他最后递给我一只大信封，说那里面装有他的广告。他说我看完里面的东西，自然就能了解到关于他生意的一切细节；并且还说，他很期待我能照顾他的生意——事实上，他很荣幸能有这么一个收入颇丰的人做他的主顾哩；他说他从前一直认为这个城市里有一些有钱人，但等到真和他们做起生意时，他才发觉他们仅能勉强度日；他说自己已经熬了好多年了，上次和一个富翁实实在在地接触，和他见面谈话已经是好久好久以前的事了，所以他简直忍不住要拥抱我——实际上，如果我能赏脸让他拥抱一下，那对他来说可真是很大的恩惠了。

　　这话让我挺开心的，所以我也没有抗拒，就让这个心思单纯的陌生人伸手抱住了我，他还流了几滴眼泪，泪水顺着我的脖子直往下流，这真叫人慰藉。然后他就径自离开了。

　　他刚走，我马上就拆开了那封信，仔细看了四分钟，之后我叫来厨娘说：

　　"我要晕倒了，快扶着我！烤饼什么的让马莉去翻吧。"

　　我一清醒过来，就差人去到街上转角的酒店里，雇用了一个艺术家，为期一个礼拜，叫他每天夜里通宵咒骂那个陌生人，白天我要是骂累了，偶尔也换他继续骂。

　　唉，多么可恶啊！这个十足的浑蛋！他那份"广告"不是别的，原来是一份该死的报税单，用很小的字体印了足足四大页，上面一连串无礼的问题，把我的私事挖了个一干二净——我可以描述一下，这些都是非常刁钻的问题，连世界上最狡猾的人也不能看透它们到底是什么用意——这些问题是煞费苦心想出来的，为了防止我们报税时弄虚作假，甚至可以让人按照实际收入的四倍进行填报。我试着寻找漏洞——没有，一个都没有，简直是毫无漏洞。第一个问题就像用一把雨伞盖住一个蚂蚁窝似的全面概括了我的情况：

过去一年里，你从在任何地方做的工作、业务或是经营的生意中，总共获得了多少收入？

这一条下面还附加了十三个同样刨根问底的问题，其中一条要求我说明是否用非法手段如放火、抢劫、偷窃等，或是靠其他秘密来源，获取过第一个问题列举的收入之外的钱财，就这还是里面最客气的问题呢。

于是我马上又叫人找了一个艺术家过来。显而易见，我被那个陌生人当傻子耍了一番。我的虚荣心被那个陌生人利用了，他耍了手段引诱我说出二十一万四千元的收入。唯一能让我获得安慰的就是这些钱当中有一千块按照法律规定能免收所得税。可是按照法定的百分之五的税率，我得向政府缴纳一万零六百五十元的所得税，这一千块也只是沧海一粟而已！

（在这里我可以明确告知，我并没有就此认栽。）

　　我认识一个阔佬，他的日常消费大得惊人，吃的是奢侈的菜肴，住
的是宫殿一样的豪宅，但他却是公认的"没有收入"，我是在报税单上瞧
见这种情形的。于是我便去请教他，希望能解决这个烦恼。他把我的税
收单子接过去——上面开列的收入多得惊人——把眼镜戴上，又拿起笔，
不一会儿！——我立马就变成了穷光蛋！干脆利落，简单得不得了。他
机智地运用了"免征表"，简直不费一点劲儿就大功告成了。他开列了若
干我该缴纳的"市政府、州政府、联邦政府的税款"；开列了若干我所受
的"火灾和轮船失事等项的损失"；又开列了若干"出卖房地产所受的损
失"——还有"租赁房屋的租金"——"利息、维修、改建等项开支"——
"出卖牲畜的损失"——还有"我从前当税局职员，当美国海军和陆军军
官时，曾缴纳的薪金所得税"等等。每一个项目他都算出了一笔惊人的
"免征额"——这么多项目，每一种都有。他登记完之后，就将那张清单
递给了我，这下我一眼就得出结果，我今年只有一千二百五十元零四角
的纯收入。

"你看吧,"他说,"那一千元依法免征所得税。你现在只需要带着这张账单去宣誓保证,然后再把这二百五十元的所得税缴了就行。"

(他的小儿子威利趁他说话的时候,从他的背心口袋里抽走了一张两元现金,接着一溜烟跑了。我敢保证,如果拜访我的那个收税员明天来调查这个小孩,他一定也会谎报他这笔收入。)

"不是吧,"我说,"老兄,难道你一直在用这个办法编出一些'免征额'吗?"

"哼,可不是!要不是还有'免征项目'下面的十一条规定的话,每年应付完这个横征暴敛、凶恶可恨的独裁政府,我就要像乞丐一样穷了。"

这位先生是这个城市里实力最雄厚、地位最高的富人之一,他们这些人在社会上有良好的声誉,在商业上很讲信用,品德也十分高尚,所以我是心服口服,把他当作榜样的。我去到税务局,站在那儿,无视那位之前拜访过我的客人,随他怒瞪。我提供了许多胡搅蛮缠的证词,撒了一连串的谎言。直到这些几英寸厚的伪证的污垢彻底掩埋了我的心灵,我的自尊心一点不剩地被自己亲手砸碎了。

但是那又如何呢?毕竟这种事情是美国成千上万最自豪、最有钱、最受人巴结、最受人重视、最受人尊敬的阔佬年年都要做的。所以我也就无所谓了,我也感觉不到什么差耻。为了避免染上某些可怕的毛病,我不能轻易玩火,暂时少张嘴说话,以免沦落到无力回天的地步。

chapter 04
·我怎样编辑农业报·

　　我临时担任了一次农业报的编辑，我并不是毫无顾虑的，我知道这难度就像要一个长期住在陆地的人去驾驶一艘船一样。但是我当时处境困窘，追求的首要目标就是薪资。这家报纸的常任编辑要出外休假，我接受了他提出的报酬，代理了他的工作。

　　能有一份工作让我心里很满足，我兴致勃勃、孜孜不倦地干了整整一个礼拜。在交付稿件之后，我怀着迫切的心情，焦急地等待了一天，很想看看我写的稿子能得到怎样的关注。快傍晚的时候，我从编辑室出来，楼梯口有一群人以一致的动作向旁边闪避，给我让路，有大人也有孩子，我听见他们中间有几个声音说："他就是那个人！"这件事自然让我很高兴。第二天上午，我发现又有差不多的一群人站在同样的位置，另外还有些人，零零散散地站在街上，或街道对面，他们注视着我，一副很感兴趣的样子。那群人一等我走近，就散开退后了，我还听见有人说:"快看他的眼睛!"尽管心里非常得意,可我还是故意表现出没有察觉的模样,准备给我的姑姑写信说说这些经历。我爬上那条不算长的楼梯,走到报社门口时,听见一阵兴奋的交谈和哈哈大笑声,非常响亮。我打开门,一眼瞟见两个农民打扮的年轻人。他们一看见我就害怕,脸都吓白了,接着砰的一声,这两个人突然从窗户那冲了出去。我觉得有些奇怪。

大概半小时以后,有一位老先生走了进来,他留着长长的胡子,面容非常文雅,就是表情十分严肃。我邀请他坐,老先生就坐下了,一副心事重重的模样。他将帽子摘下,放在地板上,接着从里头拿出一条红绸丝巾和一份报纸——正是我们的农业报。

他把报纸搁到腿上,一边问我,一边用丝巾擦眼镜:"那个新来的编辑就是你吗?"

我说是的。

"你以前做过农业报的编辑吗?"

"没有,"我说,"我还是第一次尝试。"

"情况大概就是这样。在农业方面,你有过实际经验吗?"

"没有,可以说一点没有。"

"这一点我凭直觉也能看出来。"这位老先生戴上眼镜,神色严峻,透过眼镜上方看着我,同时他把那份报纸折成方便拿的形状。"我想给你念念那段让我感觉不对劲的地方,就是这篇。你听听看,这句是不是你写的——

　　不要用手摘萝卜，这会损害它。最好是让一个小孩子爬到
树上去，把萝卜摇下来。

　　"嗯，你感觉如何？——我看这应该就是你写的吧？"

　　"感觉如何？哈，我感觉这很有道理，挺对的呀。我相信光是在本
市，每年就会因为人们在萝卜半生不熟时徒手采摘，导致数以万计的萝
卜白白损失了。如果他们能让小孩子爬到萝卜树上去摇的话——"

　　"摇你的太姥姥！就没有长在树上的萝卜啊！"

　　"啊，没有萝卜树吗？就是这样，哎，我可没说萝卜长在树上，我那
是个比喻的用法，完全是为了通顺而已。就是让小孩子上去摇萝卜藤的
意思嘛，有些常识的人都会理解的。"

　　于是这位老先生站起身，撕碎了那份报纸，扔到地上又踩又踩；他
拿手杖挥了几下，打碎了几件物品，说一头牛都比我知道得多；然后他
就砰的一声把门关上了，走开了。就他这些举动而言，我认为他可能有
什么不满。可是到底出了什么岔子，我也不清楚，所以我也是无计可施，
没法帮他什么了。

　　不久以后，又来了一个家伙，看起来死气沉沉的。他个子高大，几
绺细长的头发从头上垂到肩上，脸上坑坑洼洼，胡茬密密麻麻的，可能
有一周没刮过胡子。他猛地冲进来，又站住不动做出倾听的动作，弯下
身子，用手指压着嘴唇。我什么声音也没听见。可他还在听。仍旧一点
声音都没有。之后他锁上门，踮着脚尖小心翼翼地朝我走过来，走到勉

强能和我交谈的位置，就停了下来。他兴致勃勃、仔仔细细地观察了一会儿我的面孔之后，从怀里掏出一份叠起来的报纸，说道——

"啊，这是你写的吧。求你给我念一下——快点吧！我太难受了，让我脱离痛苦吧。"

我开始念上面的文章。当我嘴里吐出那些词句时，我看得出他脸上焦躁的表情消失了，那紧绷的肌肉开始松弛，如同凄凉的景物被慈祥的月光照亮一样，舒适安静的表情从他的眉眼间悄悄掠过。这文章好像真的有解救的效果：

瓜努鸟①很值得饲养，但饲养时一定要加倍小心，最好不要在六月前或九月后将它们从产地运输过来。为了幼鸟能够顺利孵化，最好在冬天为它们提供温暖的环境。

今年我们显然要到很晚才能收获谷物。所以农民们最好在七月份就开始插麦秸，同时种荞麦饼，而不要等到八月再种。

再谈谈南瓜吧。新英格兰内地人特别爱吃这种浆果，比起醋栗子，他们更喜欢拿南瓜做果子饼，同时他们也认为它比覆盆子更适合喂牛，它不仅比较容易饱腹，而且牛也更喜欢吃。在柑橘科中，除了葫芦和一两种瓠瓜的变种之外，南瓜是唯一能在美国北部种植的蔬菜。但是现在，那种在前院把灌木和南

---

① 原文为 guano，不是鸟名，是"海鸟粪"的意思。这里采用译音。

瓜一块种的老办法越来越不流行了，因为大家都觉得靠南瓜树遮阳是件完全没有指望的事。

天气现在快变暖和了，公鹅已开始下蛋了——

这位倾听者赶紧到我旁边，和我握手，他兴奋地说——

"行了，可以了——这就够了。现在我弄清楚了，我没有毛病，因为你念的东西和我看到的是一样的，每个字都一样。你要知道，先生，我今天早上头一次读这份报纸时，我脑子里就想：即使我的朋友们一直很严密地监视我，但我从不认为自己疯了，可现在这种情况，让我确信自己是个疯子。于是我开始大喊大叫，几英里以外都能听得到那声音。然后我还想跑出去杀人——因为，你能理解吧，我觉得既然迟早会到那一步，那不妨现在就开始。为了验证我是真的疯了，我又念了一遍你那篇文章中的一段，然后我就放火烧了自己的房子。现在我已经打残了好几个人，另外还在树上挂了一个，这样等我想杀人的时候，直接把他弄下来就可以了。可是我路过这儿的时候，觉得还是来请教一下你，彻底搞明白这件事为好。现在确实是搞明白了。刚才那个被我弄上树的小伙子运气还真是好哩。要不然我回去时一定会杀了他。再见吧，先生，再见。我心里的一副重担被你卸去了。我的理智居然没有被你这篇农业文章影响，现在我知道我的心理不会因为任何事情而反常了。再见，先生。"

这个人就为了自己开心而把别人打成了残废，还放火烧了房子，这些让我心里非常不安，因为我免不了觉得这些举动间接和自己有点关联。

可是我很快就把这种念头抛开了，因为那位正式编辑回来了！（我心里暗想：如果你采纳我的建议，去埃及的话，那我还有机会可以大显身手；可是你并没有去那儿，这么快就回来了。我之前就担心可能会出现现在这种情况哩。）

编辑先生看起来很沮丧、惶惑和懊恼。

他巡视了一番被那两个年轻农民和那个老暴徒捣毁的物品，然后说道："真是太倒霉了，怎么这么倒霉！碎了六块玻璃，被人打破了一只痰盂，一瓶胶水，还有两个烛台。可是这还不是最糟糕的。报纸的声誉被损害了——只怕是永久性的损害呀。虽然说我们的农业报从来没有卖出过如此多份，从来没有这么受欢迎过，也从来没有出过这么大的风头；可是我们一点都不希望靠这样装疯卖傻去提高名气和销量啊。我实话告诉你吧，朋友，外面都是等着要看你一眼的人，他们在街上站得满满当当，还有骑在栏杆上的。他们等在那里是因为把你当成疯子了呀。自然，看了你编的那些文章之后，他们也难免有那种猜测。要说什么作品能算得上是新闻界的耻辱，也就是你写的那些玩意儿了。你居然还大言不惭，跟我说你会编农业报纸，你明明连一丁点最起码的关于农业的常识都没有。你每次提到犁耙和犁沟，都会把这两个不同的东西混为一谈；还主张饲养臭鼬①，因为它好玩，又善于捉耗子！还说什么要想让蛤蜊规规矩矩待着不动可以给它奏乐，真是废话——完完全全的废话。蛤蜊平时都

---

① 一种能释放出强烈臭气的动物，根本不适合饲养。

是老老实实待着不动的，没什么东西能惊动它呀。音乐对蛤蜊根本就没
有一点用处。你还说什么牛换羽毛的季节到了。唉，朋友，天哪！即使
让你把糊涂当专业研究一辈子，你毕业的时候也不可能比现在还熟练精
通。这些事我根本听都没听过。你说什么搞七叶果的买卖会越来越赚钱，
这根本就是故意要毁掉这份报纸。你给我放下编辑的工作，赶快滚蛋吧。
我再也不要休假了——休了假也不安心。当然了，叫你替我在这儿干活，
我怎么可能痛痛快快休假。不知道你会说出什么胡言乱语，真叫我时时
刻刻都胆战心惊。一想到你把养蚝场的问题放到'园艺'这一栏里讨论，
我就忍不住着急上火。你现在给我滚。我再也不休假了，一天都不休，
哪怕是有天大的事情也不休。唉！你为什么不早点告诉我，你对农业一
无所知呢？"

"告诉你什么？你这个老白菜帮子，你这卷心菜小子，你这瘦玉米
秆①。你说的这些无情无义的话，我这辈子还是头一次听到哩。你脑子清
醒一些吧，我已经干了十四年编辑了，还是第一次听说当编辑一定需要
懂哪些知识才行。你这个萝卜脑袋！让我问问你，写剧评给那些二流报
纸的是什么人？呵，还不都是一些药剂师和鞋匠的学徒，他们可能还没
出师呢，我的农业知识不见得比他们了解的演戏知识少啊。那些长篇大
论的财政分析是谁写的？恰好就是那些对财政一无所知的人。那些书评

---

①为了表示他并不是对农业一窍不通，这位代理编辑骂人时故意乱用
了一些植物名称，下文也是如此。

都是谁写的？还不是些根本没有出过书的人。都是哪些人在评论对印第安人的战争呢？就是那些分不清林中狗叫和临阵吼叫的绅士老爷们，他们从来没握过印第安人的武器去狂奔冲刺，也从来没有拿过从亲人身上拔下来的箭去烧营火。那些大声疾呼警告纵酒之害，写文章呼吁戒酒的是什么人？那就是些只有进了坟墓，嘴里才没一点酒气的家伙。编农业报纸的是谁呢？是你这个山药蛋吗？事实上，都是些写不好噱头剧本，写诗碰壁，写色情小说又没销量，也不会编社会新闻的人，他们最后是没办法了才选了农业，为了不进游民收容所暂时凑合凑合。你现在居然敢教训我，说我没资格办农业报，真是口出狂言！先生，这一行上上下下没有我不会做的，告诉你实话吧，越是一无所知的人，他的薪金就拿得越多，他就越是出名。天晓得，如果我没有受过教育，不是这么谨慎仔细，而是愚昧无知，肆意妄为，那我可以轻轻松松在这个冷酷自私的世界上大出风头哩。告辞，先生！我非常乐意离开这，毕竟你都对我这样了。可是有一点，你应该承认，我在你规定的范围之内履行了合同，我的任务已经完成了。我说过我能让各阶层都喜欢你的报纸——我做到了这一点。我说过我能让你的报纸提高两万份的销量，要是能让我再编两个星期，这一点自然也能达到。我本可以给你找到一批最好最适合农业报纸的读者——里面没有一个农民，他们中的任意一个，就算要了他的命他也弄不明白桃子藤和西瓜树有什么不一样。我们这次决裂，受损失的可不是我，而是你。再见吧，你这大黄梗！"

就这样我走了。

chapter 05

· 败 坏 了 赫 德 莱 堡 的 人 ·

—

　　这事发生在多年以前。当时邻近一带的市镇里头，赫德莱堡是最诚
实、最清高的。这个名声从没有被玷污过，一直被赫德莱堡人保持了三
代之久，他们把这种荣誉看得无比珍贵，所拥有的其他的一切都比不上
它。他们非常以此为豪，迫切地希望赫德莱堡万世不朽，永远保持这种
荣光，因此他们开始把诚实行为的原则教给摇篮里的婴儿，并且决定以
后把这一类训诲作为他们教养后代的主要内容，贯彻到赫德莱堡人一生
的教育之中去。同时他们将会彻底避免青年人在发育时期接触任何诱惑，
这样就能充分让诚实成为他们深入骨髓的品质，坚定而牢固。那些邻近
市镇的人都嫉妒这种优良的传统，他们故意嘲笑赫德莱堡引以为傲的传
统，并称其为虚荣。不过即使这样，他们还是必须承认一点，赫德莱堡
的确是一个不可败坏的市镇。假如有人接着问，他们还会承认只要是出

身赫德莱堡的青年，单单凭他的籍贯就能到外面得到一个较高的职位，其他任何的条件都不需要。

然而不知道在什么时候，赫德莱堡终于很倒霉地得罪了一位路过的外乡人——也许不是故意的，当然他们也并不在意，因为赫德莱堡一向自给自足，无求于人，自然是很不在意外乡人和他们的意见的。不过如果他们当初破例多注意点这个人，或许就不会那么糟糕了，因为那家伙非常记仇而且不饶人，很不好惹。他整整一年都在各地漫游，这期间他把委屈牢牢记在心上，每到空闲的时候，就费尽心思地想，总要想出一个办法去报复一番，才心满意足。他想出了许多很不错的主意，但是没有一个让他完全满意的。其中最没用的一个办法也能损害许多人，但他想要的却是一个能损害整个市镇的主意，谁都不能幸免。最后他终于想出了一个绝妙的主意，当他的脑海中出现这个念头的时候，他觉得心头瞬间舒畅起来，感到一种恶毒的快意。他马上就开始制定具体的计划，并自言自语地说："这真是个好办法呀——我非把赫德莱堡败坏不可！"

他在六个月之后又去了赫德莱堡，乘着一辆小马车，在银行的老出纳员家门口停了下来，那时候大约是晚上十点钟。他从车里取出一只布袋，扛在肩上，跌跌撞撞走过院子，开始敲里面房子的门。"请进。"屋里传来一道女声，他就进去了。他在客厅的火炉后面放下那只袋子，看向那正坐在灯下看《福音导报》的老太太，客客气气地说：

"您请坐着，我不打搅您，夫人。好了——现在已经把它藏好了，谁都很难知道它的位置。夫人，我能和您的先生见见吗？"

"恐怕不行，他要到后半夜才能从布利克斯敦回来。"

"好吧，夫人，那也没什么要紧的。我不过是想托他保管一下那只袋子，等合法的失主来了，就请他转交一下。他并不认识我，我不是本地人。我今晚上只是经过这个镇子，特地把一桩在心里放了挺久的事情了结一下。我现在已经办完事儿了，我要离开了，不得不说我很高兴，甚至还有点儿骄傲。您以后再也不会遇到我了。袋子上系着一张纸条，上面说明了一切。再见了，夫人。"

这个神秘的大个子陌生人让老太太感到害怕，现在她倒是很开心看见他走了。但她被勾起了好奇心，于是就直接跑到袋子那儿，把纸条拿起来看了看。纸条最开头写着这样的话：

请予公布，或者换个方法，通过私访找出合法的失主也行——任意采取哪一种方法都可以。这个口袋里装的是计重一百六十磅零四盎司的金币——

"天哪，我还没锁门哩！"

理查兹太太飞跑过去锁好门，然后拉下窗帘，惊魂不定，浑身颤抖地站着，心里发愁，不知道怎么能让她自己和那些金币更安全一些。她仔细听了一会儿，确认外面没有小偷，然后又被好奇心驱使，走到灯光底下，把那张纸条上写的话看完：

我是个外国人，马上就要回到家乡定居，以后永远不离开了。我在美国待了很长时间，心中非常感激在贵国所受的优待。特别是感恩一位贵国的公民——赫德莱堡的一位公民——一两年前他曾经给过我很大的帮助，实际上他帮过我两次。让我说明一下经过吧。我以前是个赌徒，我要强调一下以前是。我曾经输到倾家荡产。一天晚上，我走到了这个镇上，肚子饿得咕咕叫，钱包里空空如也。我尝试着在黑暗中乞讨——因为我太羞愧了，不敢找亮的地方。幸好我找对了人，我从他那里得了二十块钱——按照我当时的想法，换句话说，他是救了我的命。同时他也给我带来了好运。凭借那笔钱，我又去赌场里赚了大钱。后来我老是记着一句他对我说过的话，直到如今还牢记在心。最终我被他这句话说服了，多亏了这句话，赌博才没有完全把我的品格毁掉：从此我再也不赌了。但直到现在我也不清楚那位恩人是谁，可是我一定要找到他，我要把这笔钱给他，他怎么处理这笔钱都行，随他自己留着，扔掉，或施舍出去。我只是为了向他表示感激之情罢了。我原本打算亲自去找他，如果我能在赫德莱堡住上一段时间的话。但不能亲自找他也没关系，这是个诚实的市镇，是不可败坏的赫德莱堡，我知道我完全可以相信你们，犯不着担心，你们一定能把他找到的。谁能说出当初救我的那位先生对我说过的话，谁就是我的恩人。我相信那句话他肯定还记得。

以下是我现在的想法：如果你认为私访更加合适，那就麻烦你私访。一旦遇到那位先生的可能人选，就请你告知他这张纸上写的内容。如果他回答说，"那个人就是我，我以前说过的那句话是……"就请打开袋子，那句话放在袋子里一个密封的信封中，看看是否能对得上。如果那位申请人所说的话和信封里的相符，那就不用再问什么了，直接把这笔钱给他，因为他肯定就是我要找的那位先生。

但是如果你想公开寻访，那就请你把这张纸的内容发表到本地报纸上——再加上几句要求，即：自本日起三十天内，请申请人于周五晚八点到镇公所，找到柏杰士牧师，写下当初他所说的话并交给牧师（如果牧师愿意帮忙作证的话）。然后请牧师先生当场把信封打开，核对一下内容是否一致。如果一致，就让我这位已经证实了的恩人带走那笔钱，并麻烦替我致以诚挚感谢。

理查兹太太坐下来，兴奋得浑身微颤，不久就陷入了沉思——她是这么考虑的："这是一件多么奇怪的事情啊！……那位好心人随意施舍了一下，现如今就得到了那么丰厚的回报，发了那么大一笔财呀！……假如是我丈夫做的那桩好事该有多好！——毕竟我们都快穷死了，又老又穷！……"然后她叹了一口气——"可是我的爱德华不是这种人，他怎么会给一个外乡人二十块钱呢。这实在太可惜了，真是的。现在我知道了……"然后她打了个寒战——"这可是一个赌鬼的钱呀！不道德的收获，这种钱我们可不能要，最好连碰也不要碰。这种钱我可不乐意靠近，这根本就是腌臜的玩意儿。"于是她坐到了一把离得远一点的椅子上……"要是爱德华能早点回来就好了，赶紧把它拿到银行去。小偷说不定什么时候就来了。我自己一个人守在这儿真是太可怕了。"

到了十一点，理查兹先生回来了，他的妻子看见他就说："你回来我真是太高兴了！"他却说："我可快累死了——简直快累晕过去了。人就怕穷，我都这么一大把年纪了，还要倒霉干这种跑腿活儿。就为了那么一点钱，一直熬呀，熬呀，熬呀——给别人当奴才，他倒是舒舒服服地坐在家里，穿着睡鞋，摆着阔气呢。"

"爱德华，我和你一样难受呀，你知道的，可是你一定得宽慰自己呀：

我们起码有吃有喝，而且我们的名声还很好哩——"

"是呀，这就胜过其他任何东西了。你可别介意我刚才说的话，玛丽——那就是一时的牢骚，根本算不上事儿。你亲亲我的嘴吧——好了，现在所有的烦恼都忘掉了，我再也不会抱怨什么了。那个口袋里是什么东西？你从哪里弄来的？"

于是他的妻子跟他讲了那个重大的秘密。听完后他精神一阵恍惚，随后他说：

"真有一百六十磅重？咳，玛丽，那相当于四万块钱啊——你想想——那是多大一笔财产啊！我们这个镇里只有不到十个人有这么大的家产哩。让我看看那张纸条。"

他一目十行，快速将纸条看了一遍，然后感叹道：

"这真是件奇事！哎呀，简直和传奇小说一样嘛。这就像是我们在书中读到过的那些不可能发生的事情，没想到在实际生活中居然也有。"他现在非常兴奋，心情好极了，可以说是兴高采烈。他伸出手指在老婆的脸蛋儿上轻轻一点，开着玩笑说："嗨，玛丽，我们发财了，发大财了。我们只要将这些钱藏起来，找个地方一埋，再烧掉纸条就行了。如果那个赌鬼再来问起这件事，我们就朝他翻白眼说：'你在编什么瞎话呢？我们从来就没见过你，也不知道你说的什么恩人呀、金子什么的。'让他自个儿着急去吧，还有……"

"就这会儿，在你说玩笑话的时候，这里可是有一大袋钱啊，而且马上就要到小偷出没的时间了，你快想想正事吧！"

"也是。那么，我们选什么办法——私自寻访吗？不，那样不行：那难免会破坏传奇的感觉。还是登报公开的方法更好。你想，这件事情岂不是会闹得沸沸扬扬！其他所有市镇都会为此嫉妒啊，因为他们都清楚着呢，一个外乡人，决不会把这种事情托付给除了赫德莱堡以外的任何其他市镇的人。这简直就是为我们广作宣传呢。我现在要赶快去印刷所那，不然就太晚了。"

"别，爱德华——别走——不要留我自己一个人守在这儿！"

说着他就已经没影儿了。不过他只去了几分钟的工夫。他在家附近遇见了报馆的东家兼主笔，他直接把纸条交给了那人，说道："给你，柯克斯，这上面有一条绝佳的新闻——拿去发表吧。"

"理查兹先生，今天或许来不及了，先让我看看吧。"

回到家后，理查兹坐了下来，和妻子又谈了一遍这件神秘的趣事。他们现在甚至都没什么困意。第一个问题是：那位给外乡人二十块钱的公民到底是谁呢？这问题似乎尤其简单，他俩异口同声——

"巴克莱·固德逊。"

"没错，"理查兹说，"这种事情很可能是他干的，他的作风一贯如此。我们这镇上没有别人像他那么好心。"

"没人不承认这话，爱德华——不管怎样，他们心里头也会承认的。我们镇这半年以来又像从前一样了——诚实、目光短浅、一毛不拔、自以为是。"

"一直到他死那会儿，他都是这么批评的——而且还是当众那么说，一点都不客气。"

"是呀，可是就因为这个，他才遭人痛恨哩。"

"唉，说得没错。可是他反倒不在乎。依我看，在我们这些人中，他是最遭人嫉恨的一个了，噢，除了柏杰士牧师之外。"

"嘻，柏杰士那是活该——他再也别指望这里的人会听他传教了。当然了，这个市镇是不算什么，可是大伙清楚该怎么估量他。爱德华，难道你不觉得这有点儿奇怪吗，这位外乡人怎么就指定柏杰士负责发这笔钱呢？"

"呃，是呀——是有点不对劲。可能……可能是……"

"哪里有那么多'可能'呀？如果是你，你会选柏杰士吗？"

"玛丽，也许对柏杰士，镇里的人还没有这个外乡人知道得清楚哩。"

"尽说这种话，难道这样能让柏杰士名声变好吗！"

丈夫不知道怎么回答才好，似乎有点苦恼。妻子凝神注视着他，等着他回答。后来理查兹终于开口了，他神色迟疑，就像在暗示他提前知道他的话可能要遭到反驳一样——

"玛丽，柏杰士确实不是个坏蛋哩。"

他的妻子当然吓了一跳。

"胡说！"她大声喊道。

"我知道，他确实不是个坏蛋。大家看不起他，主要是因为那件事——就是闹得沸沸扬扬的那件。"

"那件事情，可真是！说得好像那一件事情还不够似的。"

"够了，足够了。虽然那事情确实罪不在他。"

"罪不在他？你胡说什么呢！那就是他干的事儿，谁都知道。"

"玛丽，我敢发誓——他是清白的。"

"我不相信，我也没办法相信。你怎么就敢保证？"

"我要招供。我很愧疚，可是我要说出来。只有我一个人清楚他是清白的。当初我是能挽救他的，可是……可是……呃，你是知道的，当时那种群情激愤的情况，整个镇子都——我实在是没胆量站出来。一说实话大家就都会来攻击我。我知道这很自私，真是卑鄙透了，可是我没有胆子担责，我害怕极了。"

玛丽的神情疑惑又慌乱，有好一会儿没说话。然后她才支支吾吾地说：

"我……我觉得你那个时候要是……要是……也不行。绝不能……呃……舆论太吓人了——必须非常谨慎——特别……"这条路非常难行，她陷入泥潭了。可是过了一会儿，她又回过头来说："这事很对不起别人，虽然……我们，唉，爱德华——实在负不起责任啊，不管怎样我也不会同意你说实话的！"

"那会让许许多多人讨厌我们哩，玛丽。结果就……最后……"

"我现在更担心他对我们的看法是什么样的，爱德华。"

"他吗？他应该不知道我当初能解救他。"

"哎呀，"妻子用欣慰的语气大声说道，"这下我就开心了。只要他不知道你曾经能帮他证明，那么他……他……呃，那就很好了。嘻，我本来也应该猜得到他根本不知道，因为即使我们对他很冷淡，他也老是讨好我们。我可不止一次两次被别人用这件事嘲笑了。比如威尔逊夫妇吧，还有哈科尼斯夫妇和威尔科克斯夫妇，他们总是恶意地拿我开玩笑，说什么'你们的朋友柏杰士'，他们明知道这样我会不好意思的。我真希望柏杰士别再一直这样一个劲儿地讨好我们了。我搞不懂为什么他一直这么干。"

"这个我可以解释，还有件事我没告诉你。那时候闹得正欢、正火热，镇上决定让柏杰士'坐木杠'，我良心上实在是过意不去，最后我忍不下去了，于是就私底下跑去通知了他一声，他就从镇子上离开了一阵子，在外面住到风平浪静才回来。"

"爱德华！万一镇上当初追究起这件事情——"

"别提了！现在回忆一下，我还觉得提心吊胆哩。干完之后我马上就开始后悔，甚至都不敢跟你说，就怕你脸上表情不对，被人家看出破绽来。那天晚上，我是一夜都没合眼，一直发愁。可是过了几天，我发现也没人怀疑我，从那以后我就慢慢觉得自己真是让上天眷顾了一回。到现在我还在庆幸哩，玛丽——真是太庆幸了。"

"我现在也开心哩，因为那么惩罚他未免太吓人了。是呀，我很开心。因为你要知道，你确实只有那么干才对得起良心，对得起柏杰士，可是，爱德华，万一将来不知道什么时候，这件事情的真相最终还是被人发现了，那要怎么办才好！"

"不会。"

"为什么？"

"因为大家都认为是固德逊做的。"

"他们当然会这么想！"

"不错，当然他也是一点都无所谓。大家在他头上加了这个罪名，劝那个可怜的老头儿萨斯伯雷去找他，这老头儿也就怒气冲冲地跑去和他对质了。固德逊上上下下打量了老头儿一番，似乎是要从他身上找出一处能叫他特别看不起的地方一样，然后说：'原来你能代表调查委员会呀，是吗？'萨斯伯雷说他的身份差不多就是那样。'哼！你是想了解具体情况呢，还是要一个简单的答复就行了呢？''如果他们需要了解具体情况，固德逊先生，我以后会再过来的。你先简单给我一个答复好了。''好极了，那么，你就转告他们，滚他妈的蛋——我看这应该够简单的。萨斯伯雷，我还得给你些忠告：你再来问具体情况的时候，最好带个筐子来，方便装着你那几根老骨头回家。'"

"固德逊就是这样的人，真是把他那些特点都表现出来了。他老是自命不凡，觉得他提出的意见强过任何人。"

"这么一来，这件事情就被他结束了，而且我们也得救了，玛丽。这个问题以后就没有人会提了。"

"谢天谢地，这我真是完全不怀疑这点。"

于是他们又开始兴致勃勃地谈论起那袋神秘的金子。渐渐地，他们的谈话时不时会停顿下来——由于沉思。最后停顿的次数越来越多，理查兹最后竟彻底想入神了。他静静地坐着，盯着地板，眼神茫然，后来，他的两只手随着他的内心活动，开始神经兮兮地活动，他的心情似乎非常烦乱。同时他的妻子也陷入了沉思，一言不发，逐渐开始不安，显然是因困惑而烦恼。终于理查兹站起来在屋子里走来走去，漫无目的，同时双手挠着头发，就像一个患梦游病的人发病时的模样一般。然后他好像下定决心，打定了主意。他戴上帽子，一声不吭，从屋里迅速走出去了。他的妻子似乎没有发现他已经出去了，还在那里坐着，愁眉苦脸的不知道在想什么。她偶尔小声嘀咕："可别诱惑我们……可是……可是……我们实在太穷了，太穷了！……可不要让我们上当……啊，这难道会伤害到什么人吗？——而且没有人知道……可不要让我们……"她就这么咕哝着，声音逐渐低微得听不见了。过了一会，她抬头看了一眼，神情似乎是惊吓，又似乎是欣慰，喃喃地说——

"他去了！可是，哎呀，他也许赶不上了——来不及了……也许还来得及——也许能赶上。"她站起来，呆呆地站着，神经兮兮地，双手一会儿扭在一块，一会儿分开。她的全身被一阵轻微的冷战慢慢侵袭，她嗓音干哑，说道："饶恕我吧，上帝啊——真是太可怕了，我居然有这种念头——可是……主啊，你是如何创造我们的——造得这么古怪呀！"

她拧小了灯光，悄悄地溜到那只口袋旁，跪了下来，然后伸手去摸口袋那鼓鼓的表面，依依不舍地爱抚着，一种贪婪的光芒从她那双老迈又可怜的眼睛里闪出来。她有时候发着呆，有时候又好像是清醒的，跟自己说着话："早知道我们晚一点就好了！——唉，要是我们稍微慢一点，不那么着急就好了！"

同时柯克斯也离开办公室，回到了家里，告诉了他的妻子那桩奇怪

的事情，他们热烈地讨论了一阵子，并且猜想着
谁会拿二十块这么多的钱去救济一个落难的外乡
人，整个赫德莱堡也只有已故的固德逊才会那么大方。
后来他们停下谈话，都不说话，开始沉思了。渐渐地，他们
神经紧绷，烦躁起来。最后妻子如同自言自语一样，开口了：

"这是个秘密，除了理查兹夫妻俩，谁也不知道这件事……
加上我们……此外就没人了。"

这声音把丈夫惊动了，他从沉思中醒过来，凝神注视着妻
子——她脸色苍白；然后他站起来，犹豫不决地悄悄看了看帽
子，又望向他的妻子——无声询问。柯克斯太太有一两次想出
声却没有成功，她用手按住喉咙，然后点点下巴，表示同意。
随即屋子里就只剩下她自己在喃喃自语。

于是在夜深人静的街头，理查兹和柯克斯都急
急忙忙由相对的方向走着。在印刷所的楼梯底下他
们彼此碰头了，两人都气喘吁吁，借着路灯互相观
察彼此的表情。柯克斯小声问道：

"除了我们，还有人知道这事吗？"

理查兹回答：

"谁也不知道——我保证，没有人知道！"

"如果还来得及——"

他们两人往楼上走。但是有一个小伙子正在这时候从后面过

来了，于是柯克斯问道：

"江尼，是你？"

"是，先生。"

"你先别去发今天那些邮件了——一封邮件都不发，等什么时候我吩咐了你再去发。"

"可是，先生，已经都寄出去了。"

"寄走了？"这声音里流露出一股莫名的失望。

"是的，先生。火车站今天把前往布利克斯敦和下面所有市镇的时间表都改了，要比平常早二十分钟把寄出的东西送到才行。我只好使劲跑，要是再迟两分钟的话……"

没等他说完话，这两位先生就都转过身慢慢离开了。十分钟过去了，两人都一言不发，然后柯克斯生气地说道：

"你这么着急是见鬼了吗？真是莫名其妙。"

回答是颇为恭敬的：

"现在我知道了。可是不知为什么，您瞧，我老是考虑得不仔细，把事情弄得不可挽救。不过下一次……"

"去你的吧，没有下一次了！再过一千年，也不会有下一次了。"

于是没有说一声再见，这两位朋友就分手了。他们拖着苦恼到极点的脚步，蔫蔫地走回家去。一到家里，他们的妻子都瞬间站了起来，着急地问："怎么样？"——然后她们一看就知道答案，于是不等他们说什么话，就垂头丧气地坐下了。随即在这两户人家里发生了激烈的争吵——

这是从没发生过的，虽说他们从前也曾吵过架，可是都不伤和气，并不激烈。两家人今晚上的争吵好像是在互相模仿似的。理查兹太太说："你要是晚点去多好呀，爱德华——你该认认真真考虑一番呀。可是你没有，你非得一口气跑到报社去，把这事传个遍。"

"明明那上面说了要登报呀。"

"那有什么干系，那上面也说了可以随你私下访问啊。哼，你说吧——有没有这么写着？"

"唉，没错——是啊，是这么写的。可是我一想到我们赫德莱堡竟然让一个外乡人这么信任，这样一个轰动人心的大新闻，这会让赫德莱堡多么……"

"啊，确实，我知道这些。可是你要是认真考虑一番，你肯定能想到是不可能找着应得这笔钱财的人的，因为他已经死了，而且他没有老婆孩子，也没有什么亲戚。这笔钱要是让一个非常需要的人得到了，这也不会伤害到别人，而且……而且……"

她难过地痛哭起来。她的丈夫想要说两句安慰的话，随即说道：

"但是玛丽，你也知道，归根到底这一定是最妥当的结果——肯定是，我们都清楚的。而且我们还应该牢记这一点，这都是命中注定的——"

"命中注定！唉，干了傻事的人，要给自己找借口，就会说一切都是命中注定！无论如何，我们在这种特殊的情况下拿到了这笔钱，这就是命中注定，可是你偏偏自以为是，违背上帝的指示——你哪来的这个权力？你就是不识抬举，事实就是这样——明明是胆大包天，违背了天意，根本就和你平时那副假惺惺的谦谦君子派头不相称，你明明是个贪财鬼，却偏要装模作样自诩……"

"可是，玛丽，你也知道，我们一出生就是被这么教导的，全镇的人都是这样，需要我们做什么诚实的事情时，大家根本不会有一丝迟疑，诚实称得上是我们的第二天性了——"

"啊，我知道，我知道——到死都一直在受诚实的教导，教教教，没完没了——从生下来就开始了，要诚实呀，要抵抗一切诱惑呀。但这诚实根本全是虚伪的，我们今天晚上已经全都看清了，它根本禁不住任何诱惑。上帝证明，我从来没有丝毫怀疑过自己那种不可败坏的、石头一样坚固的诚实，可是现在……现在，第一次经受这真正的大诱惑，我就……爱德华，我相信这镇上的人和我都是同一种诚实，太虚伪了。你也是，我们都一样糟糕。这是个虚伪的市镇，又绝情又自私，赫德莱堡完全就没有一点美德，除了声名远扬和自以为是的诚实之外。我敢发誓，假如有那么一天，赫德莱堡的诚实受到巨大的诱惑时，它那冠冕堂皇的诚实声誉就会像一座纸房子一样，瞬间倒塌。嘻，我这次可痛痛快快地把实话说出来了，这样反而心里感觉轻松一点。我是个骗子，这辈子都是，可自己却从来都没意识到。我以后再也不要被人夸诚实啦——我可配不上。"

"我……哎，玛丽，我的感觉和你差不多。想想确实就是这样。这太奇怪了，真是的，太不可思议了。这种说法我以前是绝对不可能相信的——绝对。"

随后是一阵长时间的沉默，他俩都陷入了沉思。突然妻子抬起头来说：

"爱德华，我知道你想的是什么。"

理查兹被看透了心事，脸上显出窘态。

"说起来真是羞愧，可是，玛丽……"

"那有什么的，爱德华，我也在想着同一件事哩。"

"但愿是这样，你说吧。"

"你想的是，如果有人能把固德逊对那个外乡人说的那句话猜出来，那该有多好啊。"

"完全一致。我觉得这样不对，挺难为情的。你呢？"

"我早就有过这种感觉了。我们就在这搭个临时的床铺吧。我们一定要好好守着，等银行金库明天早上开了，把这袋东西存好才行……哎，哎——要是我们当时能等一等，那该多好！"

搭好临时床铺了，玛丽说：

"那句话——到底是什么呢？我真是猜不透，那句话说了些什么呢？算了，你过来吧，我们该躺着了。"

"躺着睡觉吗？"

"不，是想。"

"是呀，想。"

柯克斯夫妇这时候也吵完了架，重归于好，现在正在床上烦恼——冥思苦想，翻来覆去，根本猜不到当初固德逊对那个穷困潦倒的乞丐说了些什么。那句宝贵的、足足价值四万元的箴言。

那天晚上，镇上的电报局难得延长了办公时间，下面是原因：柯克斯的报社里的领班是美联社的地方通讯员。可以说他只是一个挂名的通讯员，因为一年到头他交上去的稿件能有四次刊登三十个字就不错了。这一次可迥然不同。他打电报把自己得到的消息报了上去，立即接到了复电：

　　　　详述一切——勿有遗漏——一千二百字。

这是一篇多么长的约稿呀！通讯员按时完成了这篇稿子。现在整个州就数他最得意了。"不可败坏的赫德莱堡"这个称呼在第二天早餐时就传遍了全美国，从阿拉斯加的冰河到佛罗里达的柑橘园，从门特里尔到墨西哥湾。谈论那个外乡人和他的钱袋的千百万人，所有人都在关注着能不能找到那位好心人，他们都希望尽快得知这件奇事的后续。

二

赫德莱堡人早上一睡醒，发现他们已经是举世瞩目了——惊讶——开心——得意扬扬，自豪到了难以置信的地步。镇上十九位重要的公民和他们的妻子都喜笑颜开，四处拜访，又是握手，又是庆贺，所有人都说因为这件事词典上会增加一个新名词——赫德莱堡，它作为"不可败坏"的近义词，必定会在词典里万古长存！次要的、名声不好不坏的公民们和他们的妻子也到处走来走去，和重要公民的行为没什么两样。去看那只满是金币的袋子的人挤满了银行。还没到中午，就有许多成群结队从布利克斯敦和邻近的市镇一窝蜂过来的人，他们又嫉妒又郁闷。当天下午和第二天就有记者从全国各地赶来采访这只钱袋的出处，又重新报道了一番整个故事，并且对钱袋进行了简单随意的描述，还依次描绘了银行、理查兹的家、公众广场、浸礼会教堂、长老会教堂，以及镇公所——即将举行对证和交付那袋金币的地方；此外还刻画了几幅糟糕的肖像，包括理查兹夫妇、柏杰士牧师、柯克斯、银行家宾克顿、报馆的通讯员，还有邮局局长——甚至还有杰克·哈里代，那是个放荡不羁、无足轻重、和蔼可亲、游手好闲的猎人和渔夫、丧家之犬的朋友，孩子们的玩伴，和"山姆·劳生"①一个德行。相貌平平、一脸油滑假笑的小个子宾克顿给所有参观的人展示钱袋，他兴奋地一个劲搓着光滑的手掌，极力夸耀这个市镇长久以来凭借诚实而享有的好名誉和这次惊人的佐证，并且说了一些希望赫德莱堡将来能成为扬名全美洲的榜样，这是划时代的大事，能挽回世道人心等诸如此类的话。

---

① 山姆·劳生是美国作家斯托夫人（1812—1896）笔下的人物，一个乐天派、风趣幽默、爱讽刺人的懒汉。斯托夫人的小说《小城的老乡们》就是以山姆·劳生的视角叙述的。

过了快一个星期，一切又恢复了平静。令人沉溺的自豪和愉悦的心情已经消退，化成一股沉默的、甜蜜的、柔和的快感——类似一种难以捉摸、意味深长、无法言表的自得心理。一种平和圣洁的快乐显现在所有人脸上。

然后发生了一种变化。那种变化是非常缓慢、循序渐进的，因此最开始几乎没有人察觉。或许除了杰克·哈里代之外确实没有人察觉，他总是能看清每一件事，而且不管是什么事情，他都喜欢拿来开玩笑。他发现有些人现在没有那么快活了，明明他们前几天还很开心，于是他就取笑他们，说些俏皮话；然后他发现这种新现象越来越普遍，简直成了一种传染病，他又嘲笑大家都是一副郁郁寡欢的模样；最后他说就算他把手伸到全镇最吝啬的人的钱包里，摸走他一分钱，他的幻想也不会被惊醒，毕竟大家都变得心不在焉、闷闷不乐、若有所思。

在这个时期——可能是差不多在这个时期——那十九户重要人家每一户的男主人在临睡前都会说出类似这样的一句话——基本上都是叹一口气再说：

"哎，到底固德逊说的那句话是什么呢？"

他的妻子立刻带着颤音，这样回答道：

"哎呀，别说了，你脑子里在胡思乱想些什么糊涂事儿？务必要把它忘掉，求你了！"

可是，这些人在第二天晚上，又不由自主地把这个问题提了出来——而且又受到了和前一天晚上差不多的斥责。不过这次斥责的声音却小了一些。

第三天晚上，男人们又提出同样的问题——语气既郁闷，又茫然。这一次——还有第四天晚上——妻子们表现得有些不知所措，她们想要说些什么，但最终一言不发。

再后来的晚上，妻子们终于忍不住了，怏怏不乐地感叹：

"啊，要是我们能猜出来就好了！"

一天天过去，哈里代的玩笑话越来越精彩生动，极尽挖苦，令人难堪。他窜来窜去，劲头十足，拿整个赫德莱堡找乐子，有时讽刺所有人，有时讽刺个别人。可是整个镇上已经只剩他一个人的笑声了。无论何时何地，这笑声如同落在荒漠中，显得空虚又凄凉。而其他人连一点笑容都没有。哈里代在一个三脚架上装了一只雪茄烟盒子，假装那东西是个照相机，拿着它到处跑。所有的过路人都被拦下来，他用"照相机"对准他们说："准备！——请您保持微笑。"但是那些阴沉的面孔上毫无反应，连这样奇妙的搞怪也不能使他们稍稍轻松一些。

三个礼拜就这样过去了——还剩下最后七天。那是周六晚上——吃过晚饭了。街上现在冷冷清清的，没有往常的周六那种人来人往，大家有说有笑的热闹场面。在他们那间小客厅里，理查兹和老伴独自坐着——垂头丧气，心事重重。他们现在已经习惯晚上的这种情形了，和和睦睦地闲聊、看书、手工编织，或是去邻居们家串门——他们一直以来的老习惯早就成了过去，在很久很久以前就被他们忘掉——有两三个礼拜了。现在没有人串门，没有人看书，也没有人谈话——全镇的人都坐在家里，愁眉苦脸，一声不吭，唉声叹气。大家都想把那一句话猜出来。

邮差送了一封信过来。理查兹蔫蔫地望了一眼信封上的落款和邮戳——两样都不认识——他把信往桌子上一丢，又沉浸在刚才被打断的沉闷的烦恼和无望的猜想中。两三个小时之后，他的妻子无精打采地站起来，准备去睡觉，连晚安都不说——这已经成了新的习惯——可是在靠近那封信的地方，她停了下来，望了它一会，然后神色冷淡地拆开信，匆匆忙忙扫了一眼。理查兹还在坐着，他将下巴抵在膝盖上，椅背靠着墙高高翘起。他突然听到有什么倒在地上的声音，抬头一看，原来是他老婆。他连忙跑过去，可她却大喊：

"先不要扶我，我太激动了。你快看——快看信！"

他把信接过来看，如饥似渴地读着，不禁感觉一阵阵晕眩。那是一封从很远的州寄来的信，信里写着：

你并不认识我，但这没有关系，我要告诉你一件事情。我刚从墨西哥回来，听说了那件大事。那句话是谁说的你当然不知道，可是我知道，而且世间只有我一个人知道这个秘密。那是固德逊。我和他多年以前就很熟识。就在那天晚上，我路过赫德莱堡，并且一直待在他家，直到半夜的火车到站。固德逊对那个站在黑暗里的外乡人说那句话时，我在旁边听着，地点是赫尔巷。后来我们朝他家走的时候，还一直在谈这件事情，到了他家还一边抽烟一边谈。他在谈话中提到了许多你们镇上的人——基本上都说得很难听，只对两三个人的评论较好。你就是这两三人中的一个。我说"评论较好"——也就是不那么糟糕罢了。我还记得他说过，实际上他不喜欢这个镇上的任何一个人——一个也不喜欢；不过他说你——我想应该是你——如果没有记错——曾经帮过他一个大忙，这个忙究竟于他有多大好处，也许你自己也没意识到。他说如果他有一笔财产的话，他希望能在临死的时候留给你，而奉送给镇中其他居民的只有一顿咒骂。那么，如果你当初确实帮过他的话，他的合法继承人就是你，那一袋金子就应该由你得到。我认为你的廉洁和诚实一定值得我相信，因为在一个赫德莱堡公民身上，这些美德是不可败坏的天性，所以现在我要告诉你那句话，即使应得这笔钱的人不是你，你也一定会去找到应得的人，让固德逊能够报答那番恩惠，传递他的感激。他那句话是这样说的："你绝不是一个坏蛋。去吧，改过自新吧。"

霍华德·李·斯蒂温森

"啊，爱德华，我真是太高兴了，这笔钱归我们了，哎呀，太开心了——亲爱的，亲亲我吧，我们好久都没接过吻了——现在正是时候哩——这笔钱——这下子，你这下子终于可以离开银行和宾克顿了，再也不给别人当奴才了。我开心得好像就要飞起来了。"

这夫妻俩互相亲吻拥抱，高高兴兴地在长靠椅上消磨了半小时。过去的幸福时光又回来了——这种时光自从他们恋爱时就开始了，一直持续到这个害人的钱袋被那个外乡人扔下前，从未中止过。过了一会儿，妻子说：

"爱德华啊，你真幸运，幸好以前帮他那么大的忙，可怜的固德逊！我一直不喜欢他，可是我现在认为他是个可爱的人。真是了不起，你倒好，从来就没自夸过，压根就没提过这件事。"然后她语气略带责备地说，"可是你至少告诉我一下啊，爱德华，我是你妻子啊，总该提一提吧，你应该提的呀。"

"嗯，我……呃……嗯，玛丽，你瞧——"

"别总这样结结巴巴，快告诉我，爱德华。我一直都是爱你的，你现在真让我自豪哩。全镇只有一个慷慨的好人，大家都这么说，没想到还有你……爱德华，你快说吧！"

"嗯——呃——呃——嗜，玛丽，我说不出来！"

"说不出来？为什么？"

"你要知道，他……哎，我……我向他保证不说。"

妻子上下打量他，一个字一个字地说：

"向——他——保——证？你居然对我说这种话，爱德华？"

"玛丽，难道我会对你撒谎吗？"

她有点惊慌，一时不知道说些什么，然后她握住他的手，说道：

"不是……不是。我们好像跑题了——饶恕我们吧，上帝！你一辈子没撒过谎。可是现在——就在我们脚下的根基仿佛要塌陷的时候，我

们就……我们就……"她激动得说不出话来，然后又断断续续地说："不
要诱惑我们了……我想你是向他保证过的，爱德华。这事就这样算了吧。
我们不要再提了。那么——就让它过去吧，我们还是要高高兴兴的才行，
没必要自寻烦恼。"

爱德华听妻子的话时，感觉颇有几分费劲，因为他一个劲儿地走
神——拼命想回忆起他到底帮过固德逊什么忙。

夫妻俩几乎一晚上都没睡，玛丽是开开心心地东想西想，而爱德华
却一直焦急地回忆着，一点都不轻松。这笔钱财应该怎么处理呢？玛丽
开始在心里盘算。爱德华则使劲回想着那个恩惠，可以说绞尽脑汁。起
初他因为欺骗了玛丽——如果说那算是谎话的话——感觉良心不安，后
来他又认真考虑了一阵——就算那确实是谎话，那又如何？难道有什么
关系吗？我们不也经常在行为上表现出撒谎的样子吗？那为什么又不能
说谎呢？看看玛丽——她也干了不诚实的事。当他正在急忙去做那件诚
实的事情时，她在做什么？她在悔恨没有毁掉那张纸条，好留下那袋钱！
难道偷窃强过撒谎吗？

于是他不再因为这个问题而难受了——那句谎话已经不重要了，并
且他还觉得自己受了委屈。另一个问题又占据了主导地位：他到底有没
有帮过固德逊的忙呢？你看，这儿确实有他本人的证明，斯蒂温森在信
里说得很明白，这是最有力的证明了——理所应当，这完全可以作为合
法的证据，证明他真的帮过忙。所以这个问题算是解决了……可是不行，
可能还没有彻底解决。他有些惊讶地想起这位陌生的斯蒂温森先生说的

时候就有点不确定，他记不清理查兹究竟是不是帮忙的人，或是其他什么人帮的忙——而且，哎呀，他还说相信理查兹的为人哩！因此理查兹必须自己决定这笔钱财的归属——斯蒂温森先生相信如果应得的人不是他，他也必然会毫不犹豫地找出应得的人。哎呀，把我逼到这种地步，真是可恶——哎，斯蒂温森怎么就不能记得清楚一点呢？他为什么不能说话果断点呢？

又是一阵思考。到底是为什么呢，偏巧不是别人的名字，而是他理查兹的名字，让斯蒂温森有这么个印象，认为他是该拿这笔钱的人？这倒是挺不错的。是的，这看起来确实有很大希望。实际上，他越努力地往下想，就觉得希望越大——直到最后，这个想法在他心里被当成了铁证。于是理查兹马上不再思考这个问题了，因为他心里有一种直觉，觉得既然已经肯定了一个证据，就最好不再追究。

这时候他心安理得地开始觉得轻松，可是他却一直不能忽视另外一个小小的疑问：他当然帮过固德逊的忙——这是可以确定的。可是帮的到底是什么忙呢？他一定要想起来——他决定不睡觉了，除非能把这件事回忆起来，因为这样他才能没有顾虑，心境安宁。于是他冥思苦想。他想起很多事情——或许帮过的忙，以及几乎可以说一定帮过的忙——可是没有哪个看起来足够重要，没有哪个显得足够有分量，没有哪个确实值得用这笔钱作为回报——值得固德逊希望立下遗嘱送他这笔钱。不仅这样，他完全想不起曾经帮过固德逊什么大忙。那么，唉——那么，唉——帮的到底是什么样的一个忙，竟然能让一个人这么感谢呢？

啊——将他的灵魂拯救了！一定是这样的。很好，现在他想起来以前曾经鼓起勇气去劝固德逊信教，还尽职尽责地劝他——他计划是劝三个月那么久，可是认真想想，三个月变成了一个月，又变成了七天，又只剩下一天，然后变得一丝不剩了。是的，他现在很清楚地记得，而且印象是前所未有的鲜明，当初固德逊的反应是叫他滚一边去，不要多管闲事——他完全不想和赫德莱堡一块上天堂！

所以这个忙是没帮上的——他根本没有拯救过固德逊的灵魂。理查兹难免有些丧气。然后过了一会儿，他又冒出了一个想法：他曾经帮忙挽救过固德逊的财富吗？不，这根本就说不通——他自己就一穷二白。他的生命呢？没错。对啦。哈，他应该早点想到这方面的。这一次他可是毫无疑问地找着方向了。于是在转瞬间，他就开始疯狂转动想象的风车了。

此后，在疲惫不堪的整整两个钟头里，他一直在忙着挽救固德逊的性命。为了达到目的，他历经了各种千奇百怪的困难和冒险去救人。每一次他都能很圆满地把故事进行到救命的地步，然后正当他开始相信这是真实发生过的事件时，就偏巧出现了一个恼人的细节，使它成为一件荒唐无稽的事情。比如用游泳救命来举例吧。在这个设想里，他曾经跳下水把呛水昏迷的固德逊救上岸，还有一大堆人在旁观，并且对他表示称赞。但是他完全编好整个经过之后，正要开始回顾时，却发现了很多细节问题，太多太多了：玛丽不可能不知道这件事情，镇上的人们也不可能不记得，在他自己的幻想里，这件事情像镁光灯一样光芒耀眼，而

根本不是一件或许他做了却"不清楚对人家到底有多大利益"的、当时不显眼的好事。而且他想到这里时才突然记起自己不会游泳，根本不可能救人。

啊——原来他一开始就忽略了一点：这个忙一定是他帮了之后却"或许还没意识到究竟会给固德逊带来多大好处"的。唉，和其他那些事情相比，这真是简单多了，应该是能轻轻松松想出来的。果然没错，他没一会儿就想到了。多年以前，固德逊和一个名叫南赛·休维特的很漂亮、很可爱的女人差一点结了婚，但是因为某些情况，这桩婚事最终被取消了。那个女人死了，固德逊后来就一直一个人过，并且性格渐渐变得孤僻，干脆就直接变成一个清高厌世的人了。这个女人死后不久，镇上的人就知道了，或者自以为是知道了，她有一点点黑人的血统。理查兹想了很久，后来终于想起了一些他在这件事情中起到的作用。一定是由于太长时间没回忆，他一点都不记得了。他隐隐约约想起来，当初似乎就是他发

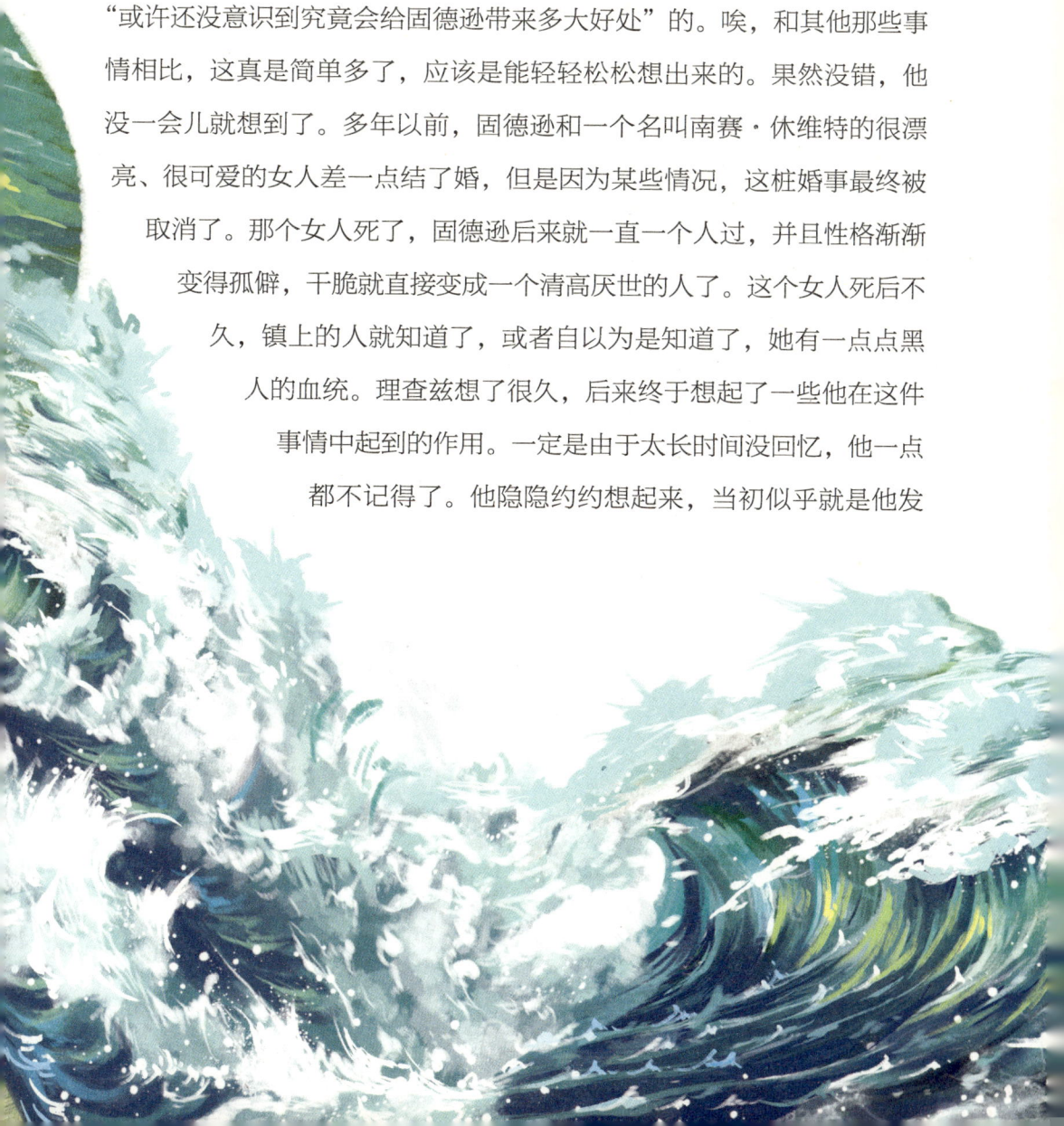

现那姑娘的黑人血统的，也是他把这个消息告诉所有人的；还想起来有人告诉了固德逊这个消息还有来源；想起了固德逊就是这样被他挽救的，这才叫他没有和一个有黑人混血的女人结婚；他帮了一个大忙，却"没意识到对他有多大好处"，他自己实际上也根本不记得帮过别人的忙；可是固德逊却记得他帮的这个忙有多重要，也记得自己是怎么在紧要关头幸免于难，所以他才非常感谢这个恩人，在临终时恨不得自己能留给他一笔财产。现在一切都显而易见，他越回忆就越感觉这事再明白不过，毋庸置疑。终于，当他躺下来舒舒服服睡觉时，内心只有快乐和满意了，他回顾事情的经过，就像是昨天发生的一样清楚。实际上，他好像还记得固德逊曾经有一次亲自表示过对他的感激之情。在同一时间，玛丽已经给自己换了一所价值六千元的新房子，还送给她的牧师一双睡鞋，然后就舒舒服服地睡着了。

在同一个礼拜六晚上，邮差给每一家的重要的公民都送了一封信——总共送了十九封。无论哪两个信封都是不一样的，字迹也不相同，可是信的内容却分毫不差，只除了一点。每封信都是从头到尾照抄理查兹所收到的那封信的内容——一切都是完全一致的——落款也都是斯蒂温森的签名，只是各个收信人的名字不同而已。

整整一夜，另外十八位和查理兹有着同样遭遇的重要公民都在同一时间内做了和他相同的事情——他们竭尽全力，想要回忆起来他们过去无意间帮过巴克莱·固德逊一次什么特别重要的忙。不管对哪一位来说，解答这个难题都要费上一番工夫。然而他们都做到了。

在他们绞尽脑汁征服这个难题的同时，他们的妻子这一晚上却把精力都轻轻松松消磨在花钱上了。一夜之间，那十九位太太合计花费了十三万三千元，也就是说平均每人都在那四万元中花费了七千元。

第二天，哈里代吓了一跳。他发现那种平和圣洁的快乐神情又重新在十九位重要公民和他们的妻子脸上显露出来了。他感觉非常莫名其妙，也想不出用什么话取笑他们，能把这种气氛破坏或是扰乱掉。所以就轮到他不满意现在的生活了。他私自揣测了许多他们快乐的原因，但通通经不起推敲，都猜错了。他遇到维尔康太太，发现她脸上的神态是那副安静的心醉神迷时，心里便猜测："一定是她的猫生了小猫。"——于是他就去向她家的厨师求证，结果并不是这样的。厨师也看出了那种快乐，但他也不知道原因。当哈里代发现"老实人"① 毕尔逊的神情也是那种狂喜时，他就断定毕尔逊有一个邻居把腿摔断了，但调查发现，并没有这回事。格里戈利·耶茨脸上抑制住的狂喜一定是因为这样——他的丈母娘死了。还是没猜对。"那么宾克顿——宾克顿——他一定是有一角钱的债本来要落空，结果又讨回了。"他猜测了很多类似的事。他所猜测的情况，有些有待考察，有些却是明明白白能够证实的错误。哈里代最后只能安慰自己："反正概括起来，赫德莱堡今天有十九家暂时像登上了天堂一样开心。我不知道这是为什么，我只知道今天公正的上帝一定是休息去了。"

---

① 原文"Shadbelly"是"教友派教徒"的意思，他们一般很守规矩，温和朴素。

最近这个前途未卜的小镇来了一个邻州的材料商兼建筑师，他非常胆大，开办了一个小型公司。截至目前，他已经挂了七天的招牌了，却连一个主顾都没有。他很沮丧懊悔，觉得不该来。可是他突然开始走好运了，那些重要公民的妻子私底下一个接一个对他说：

"下周一去我家一趟吧——请你暂时不要外传。我们计划建新房子。"

那一天邀请他的有十一家。他当天晚上就写信给他的女儿，把她和一个学生的婚约取消了。他相信她现在能找到身价高他一万丈的丈夫。

有三四个富裕的公民打算建乡村别墅，其中就包括银行家宾克顿。但他们静静等候，一派从容。小鸡在还没有出壳之前，是不会被这类人物算作数的。

威尔逊夫妇准备进行一些大动作——筹划化装舞会。他们还没有正式邀请客人，只是私下里对所有亲友说过，他们正在考虑，并且认为这个舞会他们应该举办——"到时候一定会请你参加的，如果我们举办的话。"大家都感觉很奇怪，于是纷纷议论道："天哪，他们绝对是神经了，他们怎么办得起呀，就威尔逊这对穷鬼！"十九家公民里有几位妻子偷偷和丈夫谈论："这想法真不错。我们先静观其变，且等他们表演完那个寒酸的戏码，我们再来举行一个正式体面的舞会，准叫他们丢脸。"

日复一日，那些提前的挥霍越来越胡闹，越来越昂贵，越来越愚蠢了。照情况估计，这十九家好像不仅要在领钱以前就把四万元全都花光，还要在拿到这笔款时欠债才行。有几家胡作非为，不满足于计划花钱，竟然开始真的花了起来，他们想了个好法子——赊账。他们买农庄和地，接受典当的产业，购入讲究的衣服，买马和投机的股票，还有其他各种东西。他们先把利息用现款付清，准备之后再补偿剩下的钱——期限是十天。然而，这些人又很快清醒过来，发现情况不妙，于是哈里代发现一种可怕的焦虑开始在许多人脸上流露。他搞不懂到底是什么原因，又感觉莫名其妙。"不是维尔康家的小猫死了，因为她家还没有小猫出生；也没有谁摔断了腿；丈母娘也不多不少；并没有发生什么要紧事——这真是个神秘的谜。"

另外还有一个满怀疑惑的人——柏杰士牧师。一连好几天，他都觉得有人跟着他，或是四处张望搜寻他，不管他走到哪里。如果他到了什么偏僻的角落，那就一定会有那十九家当中的一位冒出来，鬼鬼祟祟地往他手里塞一只信封，压着嗓子说："星期五晚上在镇公所拆开。"然后那家伙就像犯了罪似的溜走了。他原本猜测着或许有一个想要领取那笔钱的申请人——但这是不可能的，因为固德逊已经去世了——可是他完全没想到居然会有这么多的申请人。终于到了那个盛大的星期五，这期间陆陆续续有十九封信被送到牧师手里。

三

镇公所今日前所未有的美丽。大厅尽头，讲台后面的墙上每隔一段距离就挂着一些五颜六色的耀眼彩旗，就连楼座和支柱上也都裹着旗子。

这么做是为了给外来的客人留下深刻的印象，因为来宾很多，而且多半都是新闻界的。此时全场四百一十二个固定的座位和过道里临时布置的六十八个座位都坐满了，有些人只能坐在讲台的阶梯上。几位最重要的来宾被安排在讲台的座位上。讲台前面和两侧摆了些桌子，后面坐着一大批来自各地的特派记者。今日在场的人的装束都十分讲究。有些衣服价格很高，有几位穿着华贵衣裳的妇女显得有些不大习惯。看她们的表情，应该是以前从来没有穿过这种衣服吧。

此时，那一袋黄金放在讲台前面的小桌子上，所有人都可以看得见。大家都瞪着眼睛盯着它，并产生了一种强烈的兴趣，他们渴望得到它，但是心中却知道这希望渺茫。然而在场的人当中有一些人——占少数的十九对夫妇——却以亲切、抚爱的眼光定睛望着这袋金币，就像自己已经是这宝贝的主人一样。其中有几个男人甚至一遍又一遍地暗自背诵着答谢的即席致词，还时不时从衣袋里拿出一张纸条瞟一眼，以便记忆。这些先生们准备随时站起来发言。

会场中自然会有不间断的嘈杂的谈话声，然而牧师柏杰士先生站起来，把手按在那只口袋上的时候，全场肃静到了极点，柏杰士先生甚至可以听见身上细菌咬啮的声音。他先讲述了这袋钱的稀奇来历，然后又以热情的词句夸奖了赫德莱堡那历史悠久的因无瑕的诚实而获得的声誉，又说到全镇的人对这种声誉所持的骄傲荣光。新近的这件事情传播得很广，以致全美洲的人都把注意力集中到这个镇上来了，这件事带来的声誉是一份无价之宝，它现在的价值更是无法计量地提高了，柏杰士先生也希望这件事能使这个镇的名字成为"不可败坏"的同义字。

（掌声）

"那么让谁来监护这个贵重的珍宝呢？整个镇吗？不！这个责任是个人的。从今以后，你们每个人都要作为它的特殊监护人，负责让它不受到任何伤害。请问你们愿不愿意接受这个重托呢？（台下纷纷表示同意）太好了，这份责任将会永久流传，直至你们的子孙万代。如今你们的纯洁是无可指摘的——希望你们千万要保持住良好的品德，注意，务必要把它永久保持住。现如今，你们中没有一个人会受到诱惑去拿别人的钱，不属于自己的东西，连摸都不要摸——一定要将这种美德保持住。（"一定会的！一定会的！"）我不方便在这里拿我们的镇和别的镇作比较——有些镇是对我们不太友善，但他们有他们的作风，我们有我们的作风。我们就满足吧。（掌声）我的话说完了。朋友们，放在我手底下的这件东西，是一位陌生人对我们品德的信任。他这个举动，也会让全世界知道我们是什么样的人。虽然我们不知道他是谁，可是我代表大家向他表示感谢。请大家高声欢呼，表示同意。"

在场的人全体起立，发出的致谢呼声像雷鸣一般，连会场的墙壁都在震动，掌声经久不息。当大家坐下来后，柏杰士先生才从衣袋里取出一个信封拆开，从里面抽出一张纸条，这时候全场鸦雀无声。他把这张纸条上的内容慢慢地——动听地——念了出来，听众陶醉地静听着，这个神奇的文件上的每一个字都代表着一锭黄金。

"我是这样对那位遭难的外地人说的：'你绝对不是一个坏蛋。去吧，改过自新吧。'"然后他继续说道：

"我们马上就会知道，这句话与钱袋里封藏的词句是否相符；如果它们是符合的——我看这是毫无疑问的——那么我们的一位同胞就会拥有这袋黄金，并且从今往后成为能让我们小镇在全国面前远近闻名的美德的代表——他就是毕尔逊先生！"

没有预料中的风暴似的喝彩声，会场悄无声息，大家都像是中风一样愣住了，然后像浪潮般的耳语声席卷全场："哈？真让人难以置信——毕尔逊！算了吧！拿二十块钱给一个陌生人？别说是陌生人了，他谁都不会给！这话是说给水手们听的吗？"① 大家发现毕尔逊执事就站在会场的一角，谦逊地低着头，与此同时，在另一个地方，威尔逊律师也站了起来。于是全场又突然肃静下来了，大家沉默了一阵，觉得很是疑惑，有些人还露出惊骇和愤慨的神情。

毕尔逊和威尔逊各自转过脸来，互相瞪了一眼。毕尔逊讥讽地问道：

"请问你为什么要站起来？威尔逊先生。"

"当然是因为我有权站起来啊。那么请你向大家解释一下你站起来干什么吧？"

"当然是因为那张纸条是我写的。"

"你简直满口谎话！那明明是我亲手写的！"

————————

① 从前航海的水手们喜欢说一些荒唐、没有凭据的故事，所以英语里"mariner"（水手）这个词有时指代爱信口开河、乱编故事的人。

柏杰士没想到会出现这样的局面，他站在台上茫然地看看这个，又看看那个，不知所措。全场都不明所以。然后，威尔逊律师说：

"主席，我请求你再念一次那张纸条上签的名字。"

主席这才清醒过来，大声地将那个名字念了出来：

"约翰·华顿·毕尔逊。"

毕尔逊大声叫嚷道："怎么样！你居然还想在这种场合骗人吗？现在你还想说些什么？你打算怎么给我道歉，怎么给全场被你侮辱了的听众道歉？"

"我没什么好道歉的，先生，我不仅不会道歉，反而还要指控你从柏杰士先生那里把我写的纸条偷走了，照着抄了一份，签上你自己的名字，然后把它调包了。不然你没有任何其他办法能知道这句对证的话。全世界只有我一个人知道这个秘密。"

继续这样争吵，局面难免会混乱尴尬。在场的人都很痛心地注意到了记者们正在那儿奋笔疾书、拼命速记。于是很多人叫着："主席！维持秩序！主席！维持秩序！"

主席柏杰士用力敲着小木槌说道：

"这件事一定是哪里出了岔子，大家不必这样针锋相对，忘记了应有的礼貌。我想起来了，威尔逊先生确实曾给过我一只信封——我还好好保存着呢。"

他从衣袋里将信封拿了出来，把它撕开来看了一眼，紧接着露出了疑惑和惊讶的表情，好一会儿没有说话。然后他用僵硬的姿势挥了挥手，想说些什么，最终却还是垂头丧气地没有说出来。有几个人大声喊道：

"上面写着什么？念呀！念出来呀！"

于是他像梦游一般，用茫然无措的语调念了出来：

"我对那位不幸的外地人说了一句话：'你绝不是一个坏蛋。（所有人都瞪起眼睛看向他，十分震惊）去吧，改过自新吧。'"（众人纷纷议论："这到底是怎么回事？太奇怪了！"）主席说："这一份签的名字是赛

鲁·威尔逊。"

"怎么样！我就知道！真相大白了！我那张纸条就是被人偷看了。"
威尔逊大声喊道。

"我没有偷看！"毕尔逊反驳道，"你这浑蛋，竟然这么大胆……"

主席："先生们，肃静，请你们遵守秩序！两位都请坐下。"

他们听从了主席的话，但还是有些愤怒，不断嘀咕着什么。所有人都糊涂了。面对这样稀奇古怪的局面，大家都不知该怎么办了。

这时，汤普生站了起来。他开了一间帽子铺，但由于他店里的存货不多，所以没有资格跻身十九家。他说：

"我有一些意见，主席先生。难道这两位先生都没错吗？难道这两人都刚好对那位外地人说了相同的话吗？我认为……"

硝皮商起身，将他的话打断了。这位硝皮商有一肚子的不满情绪，他认为自己有列入十九家的实力，但是他没有得到大家的认可，因此他在言谈举止中就夹杂了一些情绪。他说：

"呸，问题根本就不在这。你说的这种可能性太小了，一百年里都不一定能遇上两回。还有另一种可能，那就是他们俩谁都没给过外地人那二十块钱！"

大家开始喝彩。

威尔逊："我给过！"

毕尔逊："我给过！"

然后他们又继续控诉对方是骗子。

主席："肃静！对不起——你们两位请坐下。实际上，这两张条子我都是贴身保存的，无论哪一张都没离开过我。"

一个声音说道："那是怎么回事呢？"

硝皮商："现在弄明白了一点，主席先生——这两个人中肯定有一个曾经趴过另一个的床底，偷听过人家的秘密。要是不违反会场规矩的话，我想说：这两位都干得出这样的事。先生，现在我要提一条意见：如果他们两人中真的有一个偷听了另一个的对证词，我们现在就要把他查出来。"

有人说："怎么查呢？"

硝皮商："很简单。他们俩写那句话时用的字眼并不完全相同。毕尔逊的纸条里写的是'绝对不是'，而威尔逊写的则是'绝不是'。因为宣读两张纸条中间隔的时间久了一点，中间又发生了一场激烈的争吵，不然大家早就注意到了。"

许多人附和道："是的——他说得没错！"

硝皮商："现在，主席只需要核对一下钱袋里那句对证词，我们立刻就能知道这两个骗子中的哪一个……（主席："肃静！"）——哦不，这两位冒险家中的哪一个……（主席："保持肃静！"）——这两位先生中的哪一个……（哄堂大笑和掌声）——有资格戴上勋章，表明他是本镇有史以来的首个撒谎大王——他让赫德莱堡丢了脸，赫德莱堡今后也会让他难堪！"（热烈的掌声）

众人高喊道："没错，把那个口袋打开吧！"

于是柏杰士先生在口袋上划出了一条口子，从里面拿出一只信封。有两张被折起的信纸放在信封里。

"这张纸条上面写着：'将交给主席的所有信件——如果有的话——全都念完后，再将这张纸条打开来看。'另一张上写着'对证词'，我先来念对证词吧——

"我并不要求申请人能一字不差地说出我的恩人对我说过的话的前半句，因为那半句比较平淡，也不好记；但最后的四十个字非常动人，我觉得也很好记；如果不能将这部分内容准确复述出来，就请将申请人看作骗子吧。我的恩人在开始时说，他很少给别人提出忠告，可是他一旦说了，那必定是金玉良言。随后他说了一句话，这句话一直记在我的脑海中，叫我无法忘怀：'你绝不是一个坏蛋——'"

大家叫喊起来："现在结果非常明显了——钱应该归威尔逊！威尔逊！威尔逊！请讲话！请讲话！"

大家跳了起来，围在威尔逊身旁，簇拥着他，紧握住他的手，热烈地祝贺他——这时主席敲起小木槌，大声喊道：

"先生们！肃静！保持秩序！拜托，让我先念完吧。"在会场恢复平静之后，主席继续宣读：

"去吧，改过自新吧——否则，记着我说的——你终有一日会因你的罪过而死，不是入地狱，就是入赫德莱堡——希望你能争取，毕竟还是入地狱更好。"

随后，会场内死一般地沉寂。起初，在场的公民们脸上笼罩着一层愤怒的暗影；但是过了一会儿，这层暗影逐渐消散了，一种幸灾乐祸的神情竭力想要取而代之；大家非常努力地控制自己，才把这种表情压了下去；那些记者们，来自布利克斯敦的人们，还有别的外地来宾——都低着头，用双手把脸捂住，凭着非同寻常的礼貌，才极力忍住了。就在这时，一道不合时宜的吼声突然在寂静的会场内爆发——是杰克·哈里代的声音：

"这句才是真正的金玉良言哪！"

于是全场的所有人，包括客人在内，都忍不住哄堂大笑。随后大家感到所有的约束都被解除了，尽情享受着自己的权利，就连柏杰士先生也不再维持庄严了。全场尽情而又持久地哄笑，就像狂风暴雨一般，过了很久才终于停了下来——停的时间很长，长到柏杰士先生能够趁机准备继续发言，台下的人能够擦掉眼角笑出的眼泪；但后来，笑声再一次爆发；接下来又是一阵一阵的大笑；直到最后，柏杰士才得以说出几句严肃的话：

"想要掩饰事实是徒劳的——我们现在面临着一个重大的问题。这个问题事关本镇的声誉。威尔逊先生和毕尔逊先生提交的对证词有一些细微的差别，这是个很严重的问题，因为这表明这两位先生中肯定有一位有过偷盗的行为——"

原本这两个人都无精打采地瘫坐着，心中懊丧不已，但是一听到这些话，他们俩就像是触了电一样，急着想要站起来——

"坐下！"主席厉声说道，他们只好听从了。"就像我刚才说的，这是个很严重的问题。因为你们两个人的名誉都处于非常危险的境地。我能否说得更严重一些，是处于无法脱身的困境呢？因为你们两个人都没写那至关紧要的四十个字。"他停顿了一会儿。他故意让那散布全场的沉寂不断积淀，强化它给人带来的深刻印象。几分钟后，他才用深沉的语气继续说道:"这件事似乎只有一种合理的解释。请问这两位先生——你们是不是串通好了,合起伙来行骗?"

一阵低声议论席卷全场,大家都在说:"他抓住了他们两个。"

毕尔逊不会应付这种意外场面,只能一筹莫展地瘫坐着。可威尔逊是个律师,他虽然脸色苍白,失魂落魄,但还是挣扎着站起来,说道:

"我恳请诸位耐心听一听我的解释,这是一件非常令人痛心的事情。我接下来要说的这番话,非常抱歉,它难免会让毕尔逊先生陷入无法挽救的境地。迄今为止,我一向非常尊重和敬爱毕尔逊先生,过去我完全相信,他是个体面人,任何事物都诱惑不了他——就和大家一样相信。可是现在为了证明我的清白,我不得不将一切坦白出来。我要请求你们原谅——我必须非常惭愧地承认,我曾经向那个落难的外地人说过对证词里所写的所有字句,包括结尾那骂人的四十个字。(全场轰动)当这件事在报纸上发表之后,我就回忆起了那些话,并且决定将这一袋子钱领走,因为我有得到它的权利。现在我希望大家能仔细考虑一下:那天晚上,那位外地人说他对我的感激无以言表,如果哪一天他有能力了,他一定会给我千倍的报答。那么,现在我想问问大家:我哪里能料到——我又哪能相信——他当时那么感动,怎么反倒干出这样无情无义的事来,在他的对证词里加上那完全不必提及的四十个字呢?让我在众目睽睽之下,在自己人的面前,变成一个因毁谤本镇而出丑的坏蛋?这实在是太荒唐了,让人不敢相信。我不明白他为什么要给我设下这样一个陷阱?按理来说,我帮了他的忙,也不曾得罪他,他提供的对证词应该只包含我给他的恳切忠告的前半句。如果换作你们，应该也会这么想。所以当时我信心十足地在纸条上写下了开头的那句话，写上'去吧，改过自新吧'这一句，然后签上了名字。就在我准备把纸条装进信封的时候，有人叫我去办公室的里间，我就没有任何防备地把那张纸条摊开摆在了桌子上。"他停了下来，慢慢地把头转过去看向毕尔逊，又过了一会，才接着说道："请大家注意一下：我回来的时候，恰好看到毕尔逊先生从我的前门走出去。"（全场轰动）

毕尔逊立马站了起来，大声喊道：

"他说谎！这根本就是无耻的谎话！"

主席："现在是威尔逊先生发言。请坐下，先生！"

朋友们拉着毕尔逊坐下，让他镇静。威尔逊继续往下说：

"事实就是这样。我回来的时候桌子上那张纸条已经不在原先的地方了。我注意到了这一点，不过当时我并没有在意，只当是风把它吹偏了。毕竟我想不到毕尔逊先生这么体面的人，会做出偷看别人的信件这种事。可是他百密一疏，把'绝'写成了'绝对'，想必是因为他记性不好。还好世界上只有我一个人，能够在这里把对证词毫无遗漏地说得清清楚楚——而且是光明正大的。我说完了。"

世界上没有什么比一场动听的演说更具有煽动力了，它可以颠覆那些不熟悉演说技巧和魔力的听众的认知，调动他们的情感，让他们变得疯疯癫癫。威尔逊以胜利者的姿态坐下了。全场响起潮水般的赞许和喝彩声；朋友们蜂拥而至，围绕在他的身边，和他握手道贺；毕尔逊却被大家呵斥住，一句话都说不出来。主席一次又一次地敲着小木槌，不停地嚷道：

"先生们，我们还要继续进行呢，让我们继续吧！"

后来大家终于平静了下来，之前那位帽商说：

"可是，还要继续进行什么呢，先生，不是只差给钱这一步骤了吗？"

众人的声音："说得对！说得对！快来前面，威尔逊！"

帽商："我提议大家一起欢呼三声，为了象征着特殊的美德的威尔逊先生，他足以……"

他还没有说完，爆发的欢呼声就掩盖了主席敲击木槌的响声。人们把威尔逊抬起，让他骑到一个大个子朋友的肩膀上，人们兴高采烈地准备把他送到讲台上去。这时候主席的声音穿透了喧闹声——

"肃静！还有一张纸条没有念哩，大家请回到原位！"会场恢复了平静，他拿起那张纸条刚要开始念，却又把它放了下来，说道，"我忘了，这要等我宣读过所有收到的信件之后才能念哩。"他从衣服口袋里拿出一个信封，抽出信后瞟了一眼，露出惊讶的神情——把信拿远一些，仔细看了一遍又一遍。

大家都喊道：

"上面写了什么？快念出来啊！"

于是他只好照办，带着诧异的神情慢慢念道：

"我跟那位外地人说道：'你绝不是一个坏蛋。（有些人喊道："这是怎么回事？"）去吧，改过自新吧。'（众人喊道：'啊，上帝啊，真是太奇怪了！'）落款是银行家宾克顿。"

这时候大家又开始了新一轮的肆无忌惮的狂笑，头脑清醒的人听到后简直想哭出来。没受牵连的人们笑得眼泪直淌；记者们笑得东倒西歪，笔下都是一些乱涂乱画的字，谁也认不出写的是什么；有一只睡得正香的狗被吓得魂飞魄散，它跳起来冲着这一团糟的场面狂吠。喧嚣之中散布着形形色色的呼声和各种议论："哎呀，可怜的威尔逊——被两个小偷盯上了！""咱们镇子真是荣幸啊！有两位不可败坏的廉洁象征！——还不算毕尔逊哩！""三个！——把'老实人'毕尔逊也算进去吧——越多越好！""好吧——毕尔逊也当选了！"

一个十分有穿透力的声音响了起来："肃静！主席又从口袋里掏出东西来了。"

众人道："哎呀呀！又有新东西了？快念一念！快呀！快呀！"

主席念道："'我对那人说'等等：'你绝不是一个坏蛋。去吧'等等。落款是格里戈利·耶次。"

暴风般的呼声再次响起："四个象征了！""好哇，再掏一张！"

这时，全场欢呼狂吼，打算把在这件事中所能开的一切玩笑开个够，他们兴高采烈，准备看这场好戏如何收场。有几位属于十九家的人物有苦难言，面色苍白，他们站起来，想挤到过道里偷偷离开，可是其他人大声嚷着：

"大家注意门口！把门关上！不许任何人离开会场！诸位不可败坏的人物，坐下吧！"

　　大家照办了。

　　"再掏一封！念吧！快念！"

　　主席又掏出了一封信，那些大家耳熟能详的词句又从他嘴巴里溜了出来——"你绝不是一个坏蛋——"

　　"他的名字是什么？名字！"

　　"英戈尔斯贝·萨金特。"

　　"有五位象征了！让这些象征再多一些吧！再来！再来！"

　　"你绝不是一个坏……"

"名字！名字！"

"尼古拉斯·惠特华斯。"

"哎呀呀！哎呀呀！今天简直就是象征节啊！"

有人去掉了"简直"两个字，将这一句当作歌词，用凄凉的音调唱起歌来，是按照那首悦耳的《天皇曲》里"他胆怯的时候，漂亮姑娘……"的音调唱的，大家都颇为高兴，随声和唱。这时，有人及时地编出了下一句——

你千万不要忘记这一点——

全场跟着唱了起来。马上又有人凑上了第三句——

赫德莱堡真是不可败坏——

全场吼叫着将这句唱了出来。刚刚唱完最后一个字，杰克·哈里代高亢而响亮的声音响起，补充上了最后一句：

诸位象征全都到齐！

大家的兴致异常高涨，一起跟唱了这句。然后全场又快乐地从头唱起，把这四句完完整整地又唱了两遍，唱得铿锵有力，气势十足，唱完之后，又用擂鼓般的声音为"将于今晚接受荣誉称号的不可败坏的赫德莱堡以及它的诸位象征"欢呼了三次，并且加上了尾声。

然后会场各处的人们又向主席喊道：

"来吧！继续念吧！再念一些！把你收到的信全都念出来！"

"是呀——我们镇子的名字就要永垂不朽了！继续念吧！"

这时有十几个男人提出抗议，他们站了起来，表示这一定是一个无赖搞的恶作剧，这是在侮辱整个村镇。毋庸置疑，这些名字肯定都是冒签的——

"住嘴！你们这叫不打自招。坐下！坐下！我们马上就会在信里找出你们的名字。"

"主席先生，你一共收到了多少封这样的信？"

主席数了一下。

"算上之前读过的，一共是十九封。"

嘲笑的喝彩声像狂风暴雨一般席卷会场。

"那些信里面估计都装着同样的秘密。我提议主席先生把它们一齐拆开，把那上面开头的八个字念出来，然后再念出每张字条末尾的签名。"

"附议！"

主席询问了大家的意见，全场高声通过——吼声如雷。这时可怜的理查兹站了起来，他的太太垂着头站在他身边，怕被人看出她在哭泣。理查兹伸出胳膊揽住她，然后以颤抖的声音开始说道：

"朋友们，大家都很了解玛丽和我的生平，我想，你们一向都很看得起我们，也很喜欢我们——"

主席打断了他的话：

"理查兹先生，这话一点也不错——你说的很对：我们确实是喜欢你们、了解你们、看得起你们；不仅如此，大家还爱你们，尊敬你们——"

哈里代又大喊起来：

"这是真真切切的大实话！大家如果觉得主席没有说错，就干脆起立表示赞成吧。三！二！一！——全体起立！"

全场一齐起立，面对着这对老夫妻挥动起手巾，空中好像下起了雪一般，大家亲切、敬重地看着他们，发出欢呼。

然后主席接着说道：

"然而我还有话要说，理查兹先生，我知道你想要说什么，我从你脸上看得出你这种好意的企图。你心肠好，可是现在不是对罪人心软的时候（一阵阵"对呀！对呀！"的呼声）——我不能允许你替这些人求情。"

"不，我是准备……"

"理查兹先生，请坐下吧。我们必须将其他的信件一一查看——这也是为了显示公正，不然对那些已经被揭露的人不公平。等这个事情做完之后，我向你保证，一定会立刻让你发言。"

许多人喊道："对！主席说得对！谁也不能说话打断这件事！照刚才提议的办法继续进行吧！现在起谁也不许打断！名字！继续念吧！"

老夫妻只好不情不愿地坐下了，丈夫悄悄地对妻子说："在这干等着真叫人难受，回头他们发现原来我们只是想替自己告饶，那我们就更丢人了。"

随着一个个人名的宣读，哄笑声又充满了整个大厅。

"'你绝不是一个坏蛋——'签名：罗伯特·狄特马施。

"'你绝不是一个坏蛋——'签名：艾里发勒特·维克斯。

"'你绝不是一个坏蛋——'签名：奥斯卡·怀尔德。"

这时候听众都觉得不够畅快，于是提议由大家替主席念出那八个字。主席求之不得。此后，他只需把每页信依次拿在手里等一会，全场就会大胆地模仿着一首有名的圣诗的调子，以整齐而深沉的声音缓缓唱出这八个字来——"你绝——呃——呃——不是一个坏——唉——唉——蛋"，然后主席说："落款：阿契波尔德·威尔科克斯。"如此类推，一个一个地把那些人的名字念了出来，除了那十九家的人外，人人都感到一种极致的痛快。有时听到某个有名的人物也位列其中时，听众就请主席停下来，然后把那段对证词从头到尾完完整整地唱出来，包括最后的"不是入地狱，就是入赫德莱堡——希望你能争取，毕竟还是入地——咦——咦——狱更好！"这一句。不仅如此，他们还会用庄严、沉痛的声调加唱一句："阿——阿——门！"①

信件越读越少，越读越少，可怜的理查兹老头儿提心吊胆地计着数，等待着那个时刻到来。每当有和他相似的名字被宣读时，他就忍不住畏缩一下。他一直很煎熬地在心里准备到时候利用那份可耻的权利和玛丽一同站起来后，自己告饶时应说的措辞：

"……我们之前一直过着安分守己的生活，从未做过一件坏事。然而我们穷苦了一辈子，如今年纪大了，没有儿女照顾，便受了诱惑，不慎堕落了。我刚才站起来，就是想承认错误，求求大家不要在大庭广众之下宣读我们的名字，这样做我们实在承受不住。可是大家阻止了我。当然，我们和别人一同受到指责是应该的。我们是很痛心的。但是我们这辈子还是第一次承担这样的骂名。希望大家能够仁慈一点——看在我们过去老实表现的分上，请你们宽宏大量，尽量轻点羞辱我们吧。"他正想到这里，坐在他旁边的玛丽看出他心神恍惚，便用胳膊肘轻轻捣了他一下。这时，全场正在吟唱着"你绝——呃——呃"等等。

"准备好，"玛丽悄悄地说，"主席已经念了十八个名字了，要轮到你了。"

---

① 基督教祈祷词的结尾，意思是"心愿如此"。

此时，吟诵的声音停止了。

"下一个！下一个！下一个！"全场各处传来催促的呼声，像连珠炮一般。

柏杰士把手伸到衣袋里。那对老夫妻互相搀扶着，战战兢兢地时刻准备站起来。柏杰士在衣袋里摸了一会，然后说道：

"啊，原来所有的信都读完了。"

夫妻俩惊喜交加，全身发软，无力地瘫坐在椅子上。玛丽悄悄地说：

"啊，上帝保佑，他把我们的信弄丢了！我们得救了！现在就算拿一百袋金子跟我换，我也不换！"

全场连续唱了三次那首由《天皇曲》改编的滑稽的歌曲，越唱越激动。第三遍唱到末尾的时候，大家都站了起来唱——

诸位象征都在我们面前！

唱完后，大家又为"纯洁的赫德莱堡和十八位不朽的美德代表"欢呼了三声，并且加上了尾声。

然后制鞍匠温格特起身，提议为"全镇最清白的、唯一没想盗窃那袋金币的良好公民——爱德华·理查兹"欢呼。

大家以动人的热忱为这番祝贺欢呼。这时又有人提议推举理查兹为赫德莱堡传统的唯一的监护人和象征，提升他的地位，赋予他傲视这个令人讽刺的世界的权力。

提议在众人的欢呼声中通过了，然后大家又唱起那首改编的歌来，还在末尾加了一句：

原来真的象征在这里！

停了一会，然后有人问道："那么，现在这袋金子归谁呢？"

硝皮商用尖刻的语气说道："这好办。这笔钱应该让那十八个人平分。他们每人都给了那落难的外地人二十块钱，还轮流跟他说了那番忠告——这一队人总共花费了二十二分钟。他们施舍了这位外地人三百六十元，他们现在只不过是要收回这笔借款，外加利息，总共四万元。"

许多人冷嘲热讽地说道："好主意！分摊吧！可怜可怜这些穷人吧——别让他们等久了！"

主席："肃静！现在我要宣读外地人的另一张纸条了。这上面说：'如果没有人前来申领（众人齐声嘲讽），我希望你能打开钱袋，把里面的钱交给贵镇的各位首要公民保管（一阵"啊！啊！啊！"的叫喊声），让他们斟酌过后以最佳的方式使用，以保存和传播贵镇不可败坏的崇高名誉（又是一阵叫喊声）——在他们诚实的行为和不懈的努力下，赫德莱堡的名誉将会增添一层崭新而久远的光彩。'"（一阵狂热的讥讽的嘲笑声）好像只有这么多了。不，还有一段话：

"再启——赫德莱堡的公民们：对证词根本就不存在，因为从来没有人说过那些话。（全场哗然）也从来没有一个穷困潦倒的外乡人收到二十块钱赠款，这一切都是捏造的，包括由此而来的表达谢意和恭维的话。（全场都是充满惊讶和快意的喊喊喳喳的声音）让我来说说我的故事吧——一两句话就能说完。我曾经路过你们这个镇子，受到了我所不该承受的侮辱。如果是别人，可能将那些侮辱他的人打死就心满意足了，可是这种报复不能使我满意：因为死人是不懂得痛苦的。更何况，我没有办法把你们通通杀光——就算我能做到，这也不能化解我的恨意。我要毁掉这片土地上的每一个人，而且摧毁的不是他们的身体或者产业，而是他们的虚荣——这是软弱和愚蠢的人们身上最脆弱的地方。于是我乔装打扮，重返这里，观察你们。你们是非常容易捕获的猎物。你们以诚实获得的悠久和崇高的声誉，是你们的宝中之宝，你们一直以它为豪。当我发现你们小心翼翼而且十分警惕地防止自己和儿女受到诱惑时，我就知道该采取什么办法了。唉，你们这些头脑简单的家伙，这个世界上最脆弱的东西就是不曾在烈火中锤炼过的道德。我搜集了一张名单，我要把你们这些所谓的纯洁无瑕的，生平从来没有做过坏事的，甚至从来没有偷过一分钱或是撒过一次谎的男男女女都变成窃贼和撒谎的人，以此来击溃这个所谓的无法败坏的赫德莱堡。可是固德逊既不是在赫德莱堡生的，也不是在这里教养出来的。我担心当把我那封信送到你们手里，开始实行我的计划的时候，你们会想："我们这里会把二十块钱施舍给一个倒霉的外地人的只有固德逊。"那么你们就不会上当了。可是上帝把固德逊接走了，因此我就不必担心了，我布下陷阱，装好诱饵。我已经看

透了赫德莱堡那些人的性格，就算不是
所有收到我所分寄的那份伪造的对证词
的人都会中这个圈套，我也可以把他们
中的大多数人收拾一下。（许多人的声
音："没错——一个都没漏网。"）这些可
怜的、虚荣的、卑劣的家伙，我相
信他们哪怕干脆盗窃这笔假装的
赌款，也不会轻易地放过它。
我要把你们虚伪的骄傲捣个粉
碎，使你们万劫不复，让赫德
莱堡从此获得一个洗不掉的、
新的名声——自此臭名昭著。
如果我成功了，就请将口袋
打开，召集'赫德莱堡声誉
保存与宣扬委员会'吧。"

　　大家迫不及待地呼喊
起来："快打开！快打开！
请十八位不可败坏的先生
们到前面去！'优良传统宣
扬委员会'！"

　　主席撕开口袋，抓起

一把大块的、金灿灿的、明晃晃的钱币，拿在手里仔细观察了一下——

"朋友们，这些只是镀了金的铅饼！"

一听这个消息，会场爆发出一阵哄堂大笑。声音平息后，那硝皮商才大声喊道：

"威尔逊先生这种人才，显然是最擅长这种把戏的，他应该当选'优良传统宣扬委员会'的主席。我提议让威尔逊先生代表他们那帮人，上前接受委托并保管这笔钱。"

众人高喊："威尔逊！威尔逊！威尔逊！讲话！快讲话啊！"

"请大家容许我说句话，我也不怕说得太粗野——"威尔逊气得发抖，"去他妈的混账钱！"

"啊，亏他还是个浸礼教徒哩！"众人诧异。

有人说道："剩下的十七位象征呢！先生们，请上台接受重托吧！"

停了一会儿，那些人没有反应。

制鞍匠说："主席先生，还好在这批从前的上流人物之中，还给我们剩下一位真正清白的人。我提议主席派杰克·哈里代到讲台上去，拍卖那一口袋镀金的钱币，把所得的钱交给爱德华·理查兹——他需要钱，而且这也是他应得的，因为他是值得表扬的。"

大家非常热烈地接受了这个提议，这回就连那只狗也凑了凑热闹。制鞍匠首先出一块钱投标，来自布利克斯敦的人们和来自巴南的代表激烈竞争，每次标价抬高时，大家都会振臂高呼，投标的人们情绪高涨，劲头十足，越来越大胆，越来越坚定，标价从一元涨到五元，又从五元涨到十元，再涨到二十元，五十元，一百元，再涨到……

在拍卖开始时，理查兹愁容满面地对妻子说："哦，玛丽，哪能这么办呢？这……这……这是对纯洁品格的褒奖，我怎么能心安理得地接受呢？我最好现在站起来，承认错误……哦，玛丽，你觉得我们应该……到底该怎么办？"（哈里代的声音："有人出十五元啦！——十五元买这一袋！——啊，谢谢，二十元！——三十元，多谢！——三十、三十、三十元！——有人出四十吗？——出到四十了！别停呀，先生们，继续往上加！——非常感谢，豪爽的天主教友！五十！——五十！五十元就要卖了，还有人要吗！——七十！——好极了！九十！——一百！再往上加，继续往上加呀！——一百二！——一百四！——来得正好！——一百五！——二百！——真是太了不起了！还有人加价吗？——谢谢！二百五！——"）

"这又是一次诱惑，爱德华，我浑身都在发抖。刚才我们侥幸避免了一次羞辱，那已经是上帝在提醒我们了——（'是有人说六百吗？——多谢！——六百五！六百五！——七百！'）不过，爱德华，我觉得……此时谁也不会怀疑……（'八百元！——哎呀呀！——出到九百吧！——巴生斯先生说了九百！——这一袋宝贵的镀金纯铅仅仅九百元就出售了——喂！刚才是不是有人说一千！——多谢！——有人说一千一吗？——这一袋铅马上就要远近闻名了……'）哦，爱德华，"玛丽开始低泣，"我们太穷了！你觉得该怎么办就怎么办吧。"

爱德华终于屈服了，他坐在那里不声不响，虽然良心上有些过不去，可是在当时的情况下，他已经身不由己了。

　　这时候有一位打扮成英国伯爵，看上去像是一个业余侦探的陌生人注视着这一切，他显然对这件事很感兴趣，一种快意的表情浮现在他的脸上。此刻他正在暗暗思量："那十八家都没参加投标。这可不过瘾。我必须改变这个局面——按照戏剧中的三一律①，非叫这些人把他们原本准备盗窃的这一袋东西买下来才行，而且还要让他们出高价——他们中有几位是很有钱的。还有一点，我在估计赫德莱堡那些人的性格时犯了一个错误，那个让我失误的人理应得到一份很高的奖金，这笔钱也得有人出才行。这个理查兹使我的判断失误，他叫我摊出了'么二'，他自己却推出了一副'同花顺'，我不懂这是怎么回事，但他是个老实人，我承认这点。是的，按理说这笔赌注就该他得。如果我能想出办法来，还得叫他赢一笔大赌注才行。虽然他让我失算了，不过这事就不提了。"

　　他注视着投标的状况。涨到一千元之后，标价上涨的幅度迅速地迟缓下来，行情开始不行了。他还在继续观察、等待。之后夺标的人一个接一个地退出了，于是他自己开始参与投标。当竞价跌到十元一次的时候，他就加五元；有人在他的基础上加了三元；他等了一会，然后猛抬了五十元，最终他得到了这袋东西——总价是一千二百八十二元。全场爆发出激烈的欢呼——随后又停了下来，因为他举起一只手，站了起来，开始讲话。

---

　　①"三一律"指时间、场所和情节应一致，是古典剧作家所遵循的一种戏剧创作的法则。

"我想说句话，希望大家能够帮个忙。我是个商人，专门做珍贵品生意的，我和世界各地热衷收藏钱币的人们都有往来。这袋东西我今天买下，哪怕我原封不动地卖出也可以赚一笔钱。可是我还有一种办法，可以让这些铅币能达到金币的价值，或许还能多一些。如果你们同意我的办法，明天我就可以将一万元交给你们廉洁的理查兹先生。（轰动全场的喝彩声响起。'廉洁'二字使理查兹夫妇红了脸。不过大家以为他们是害羞谦虚，所以并没有被怀疑）现在我希望能够得到你们的允许，让我在这些假金币上印上那十八位先生的名字，因为珍贵品一般都需要特殊的纹路，最好是能够引起别人的注意和好奇心的，那样才能更值钱。如果你们有三分之二的人赞成，我就认为贵镇同意了。"

听完后，全场九成的人都立刻站了起来，在喝彩和哄笑声中这个提议被通过了。

然而除了克莱·哈克尼斯"博士"之外，其余的诸位象征都站起来强烈地抗议，声称这个人是在胡闹，并且开始恐吓他。

"这是我的权利，我从来不怕别人恐吓。"那个陌生人说完后镇定地坐下了。哈克尼斯"博士"在这里看出了商机，他和宾克顿是当地两位最有钱的阔人。哈克尼斯是专卖流行的成药的，换句话说，他相当于造币厂的东家。不仅如此，哈克尼斯正在参加州议会竞选，宾克顿则是另一党派的候选人。他们两人势均力敌，竞争日益激烈。对于金钱，这两位的胃口都很大，他们怀着不同的想法各买了一大块地。有一条新铁路将要修建，所以他们两人都想在州议会上有一席之地，能够设法划定对自己有利的路线。这种情况下一票就可能决定谁输谁赢，赢了的话就可以发两三笔财。这赌局很大，但哈克尼斯是一个大胆的投机者。他此刻刚好紧挨着那位陌生人坐着。趁别的象征提出抗议、与听众辩论的时候，他歪过身子去，悄悄地问道：

"这一袋东西你打算卖多少钱？"

"四万元。"

"我给你两万。"

"不行。"

"两万五。"

"不行。"

"那三万呢？"

"必须四万元，少一分钱都不行。"

"好吧，就这个价钱成交。明天早上十点钟我会一个人到旅馆去找你，我不想别人知道。"

"很好。"于是那位客人站起来，对着全场说道：

"承蒙大家同意我的请求，真是帮了大忙了，我十分感谢。这几位先生的话并不是没有趣味，不是没有价值，也不是说得不漂亮，只是时间不早了，大家如果不见怪的话，我就先告辞了。请主席替我保管这个口袋，我明天早上来取。这三张五百元的钞票，也请你转交给理查兹先生。九点钟我来取这口袋，十一点我就会把那一万元的余数亲自送到理查兹先生家里去，交给他本人。再见。"他将钱递给主席，然后就离开了，只留下其他人在那里大喊大叫，欢呼声、《天皇曲》歌声、狗的抗议和"你绝——呃——呃——不是一个坏——唉——唉——蛋——阿——阿——门！"的吟唱掺杂在一起，无比喧嚣。

四

理查兹夫妇接受了大家的恭维和祝贺，当他们回到家里时已经是半夜了。他们显然有点难受。两口子沉默地坐着，忧心忡忡。最后玛丽叹了一口气，说道：

"爱德华——你觉得这真是我们的错吗？"她转过头看着桌子上放着的那三张大额钞票。刚才那些人们还都在那儿羡慕地细看和抚摸它们呢。爱德华随后叹了一口气，没有马上回答，过了一会才迟疑地说道：

"这可能就是命中注定吧。我们……我们是迫不得已的。玛丽，事情已经这样了。"

玛丽抬头望着他，可是他并没有看向她。随后她说：

"我从前还以为获得祝贺和称赞的滋味总是很好呢。可是……现在我好像觉得不是那样了……爱德华？"

"嗯？"

"你还打算继续在银行工作吗？"

"不打算了。"

"要辞职吗？"

"我现在就去写封信，明天早上就辞职。"

"也许这是最稳妥的办法。"

理查兹双手捧着头，低声说道：

"从前，无论叫我经手多少别人的钱，我都不在乎，可是……玛丽，我现在好困，困得不行——"

"我们去休息吧。"

早上九点钟，那位客人雇了一辆马车来取那只口袋，将它带到旅馆里去了。到了十点，哈克尼斯私下和他谈了一会儿。这位客人索要了五张支票——一张三万四千元的，四张一千五百元的，这些都会由一家大都会的银行兑现，是开给"持票人"的。他取出了一张一千五百元的支票放到皮夹子里，其余的支票被他装在一只信封里。等哈克尼斯走了之后，他又写了封信，一起装了进去。十一点钟的时候，他敲响了理查兹家的门。理查兹太太偷偷地从百叶窗缝里看了他一眼，然后把那封信接了过去，那位客人一句话也没说就走了。理查兹太太满脸通红地跑了回来，还没怎么站稳就喘着气说：

"我敢保证！我认出他来了！昨晚我就觉得好像在哪儿看见过他。"

"他就是把口袋送来的那个人吗？"

"是的！"

"那么，他恐怕也是那个化名斯蒂温森的人，他要了手段，用一个编造的秘密让这个镇上所有的重要公民们都上当了。我还以为我们躲过一劫了呢，看来他还是不肯善罢甘休。这个信封的样子很不对劲，它不够厚，八千五百块钱，哪怕都是最大的钞票，也要比这厚一些。恐怕他送来的是支票，而不是现金，如果我们收了就上当了。"

"为什么呢？"

"如果是现金，我还可以勉强收下，可这是斯蒂温森签字的支票！我可没有勇气去尝试兑现一张签了晦气名字的支票。这一定是个圈套。我们好不容易逃脱了，千万不能再上当了！"

"啊，爱德华，这真是糟透了！"她举起支票嚷了起来。

"赶快把它扔到火里吧！这是一个阴谋，我们千万别受诱惑。他想叫大伙儿来羞辱我们，和羞辱其余那些人一样！快给我吧，你干不出这种事！"他一把抢过支票，打算把它扔到火炉里去。可是他毕竟是个俗人，而且曾经还是个出纳员，所以他稍稍停顿了一下，仔细核实了支票上的签名。看完他差点晕了过去。

"快扇我一下，玛丽，扇一扇我！这简直就跟做梦一样呀！"

"啊，爱德华！怎么了？"

"你猜猜我发现了什么，玛丽？这支票是哈克尼斯开的。这究竟是怎么一回事？"

"爱德华，你是想……"

"你看看这个！一张三万四的支票，三张一千五的支票，一共是三万八千五百元！玛丽，那一口袋假钱原本连二十块钱都不值，可是哈克尼斯却愿意为他们买单。"

"难道这些钱全都是给我们的——而不只那一万元吗？"

"嗯，好像是这样的。并且这支票还是开给'持票人'的哩。"

"这样的支票是好还是不好呢，爱德华？我们到底该怎么做？"

"我看也许是哈克尼斯不愿意把这件事情传出去，所以暗示我们到远处的银行去提款吧。那是什么———张纸条吗？"

"是呀，是跟支票一起送来的。"

这张纸条上面是"斯蒂温森"的笔迹，但是没有签名。那上面写着：

> 　　对不起，亲爱的先生，原来我错怪了你，你的确是个不受诱惑侵害的诚实的人。这是由衷的话。原本我对此有着截然不同的看法，但是我的那种假设冤枉了你，现在我请求你的原谅，诚心诚意地请求你的原谅。我十分尊敬你，这个镇上的人连吻你的长袍边缘都不配。①亲爱的先生，我当初和自己打过赌，我赌你们十九个人都是虚荣、堕落的人。我输了。请你拿走所有的赌注吧，这是你应得的。

理查兹深深地叹了一口气，说道：

"这信就像是用火写成的——真是烫手啊。玛丽，我又开始难受了。"

---

　　①这是西方封建时代的一种礼节，臣仆拜见帝王时要亲吻帝王长袍的下端。

"啊，亲爱的，我也是。我宁愿……"

"他居然这么相信我。玛丽——"

"啊，爱德华，别说了，我受不了。"

"有了它在身边指责，我们就不能踏踏实实过日子了。玛丽——以前我一直觉得自己应该得到那样的称赞，我想我宁肯拿这四万元去交换这种赞美。如果我受之无愧的话，我会把这封信收藏起来，把它当成比黄金和宝石还贵重的东西，永远保存着。可是现在，如果我把这封信留着，只会觉得很煎熬。"

他把纸条扔进了火里。

这时候一个通讯员又送来了一封信。

理查兹从信封里拿出一张短信，念了起来。信是柏杰士寄来的。

从前在我遇到难关的时候，是你救了我。昨晚上我以撒谎为代价挽救了你，但我是出于至诚的感激，情愿牺牲的。这个镇里没有谁比我更了解你的为人，你是那么仁慈、高尚。虽然你心底里不会看得起我，因为你知道人家指责我、异口同声地给我定了罪名的那件事情。但是我想让你知道，我是个知恩图报的人。这可以减轻我的痛苦。

柏杰士（签名）

"太好了！又一次得救了！"他把这封信也丢到火里。"玛丽，我恨不得死了算了，这样就可以摆脱这一切了。"

"啊，爱德华，这种日子真难受呀，真难受呀。这就是报应吗？怎么来得这么快！这一句句话都刺在我的良心上，而且刺得很深——这些话还偏偏是出自他们的厚道。这真让人难以承受呀。"

州议会选举前三天，每位选民都忽然获赠宝贵的纪念品一件。那些大名鼎鼎的假双头鹰金币的一面印着："我向那位外地人说的那句话是这样的——"另一面印着："去吧，改过自新吧。宾克顿（签名）。"于是哈克尼斯就这样轻易地赢得了竞选。那场著名闹剧的全部剩余的垃圾就通通倾倒在宾克顿一个人头上了，使他损失惨重。

而理查兹夫妇在收到支票的一天内，虽然还是打不起精神，但心情已经渐渐平静下来了。他们逐渐学会了宽慰自己，变得心安理得起来。但是他们还不知道自己即将面对的是什么。现在他们还有一件事尚待体验，那就是当一个错误有被人发觉的机会时，才是真正的恐怖，它会被赋予一种崭新而陌生的面貌。在教堂里做晨祷的时候，牧师还是那些老套的布道方式，他们说的和做的都是老一套。这些空话他们已经听过一千遍了，以前他们觉得那毫无意义，每次听都昏昏欲睡。可是现在却有些不同了：那些布道词好似字字带刺，每一句都是专为他们这样隐瞒极大罪恶的人而发的。做完礼拜之后，他们觉得浑身冰冷，产生了一种连自己都说不清的隐隐约约的、模模糊糊的、无以名之的恐惧——他们急忙往家里跑，竭力摆脱那一群想给他们道贺的人。碰巧在街角转弯的时候，他们瞥见了柏杰士先生。他们跟他点头打招呼，他竟置之不理！

他们不知道柏杰士先生根本没有看见，于是心中忐忑：他这种态度是什么意思呢？难道他早就知道了理查兹当初本就可以洗清他的罪名，却不声不响地等候时机要秋后算账？也许表示了更多可怕的意思。他们心烦意乱地回到家里，开始思考是不是那天晚上理查兹向玛丽透露他知道柏杰士无罪的那个秘密时，被他们隔壁房间里的女仆听见了。然后理查兹又联想到当时他好像确实曾听见有女人长袍的嗖嗖声响起。于是他们找了个借口叫莎拉来，问了她几个问题并观察她：如果她向柏杰士先生泄露了秘密，她的神态动作肯定会不自然。他们问得不着边际，毫无逻辑，而且听起来毫无目的，于是这姑娘认为一定是这对老夫妻忽然交了好运所以行为才如此反常。但他们一直用严厉而专注的目光审视着她，使她有些紧张。她涨红了脸，神经紧张，惶恐不安。而在两个老人眼里，这都是明显的犯了某种可怕的罪行的表现——毫无疑问，她就是个十恶不赦的叛徒。莎拉走了之后，他们开始把许多压根不相干的事情凑在一起，开始牵强附会，得出了一个可怕的结论。后来情况愈发严重，理查兹忽然急喘一声，他的妻子问道：

"啊，怎么了？——到底怎么了？"

"我明白了！柏杰士的那封信！"他复述着信里的内容，"'虽然你心底里不会看得起我，因为你知道人家指责我、异口同声地给我定了罪名的那件事情'——啊，现在已经十分明显了，他其实用的是讽刺的语气！老天啊，上帝保佑我吧！你看他措辞多么巧妙。这是个圈套——他知道我知道！而我就像个傻子似的，以为他是真的在感激我。我走进了他的

圈套！玛丽，你……"

"我知道你想说什么！啊，这真糟糕，他没有把你写的那份假对证词还回来。"

"是的！他故意留下来准备毁掉我们。玛丽，他已经告诉别人了。我很清楚。做完礼拜之后，我在好多人脸上都看出这件事了。刚才我们点头跟他打招呼，他都不理我们——因为他心里有鬼！"

那天晚上，这对老夫妻病得很厉害，第二天早上消息就在各处传开了——据医生说，他们是因为得到了一笔横财，过于激动，加上大家都去恭喜，晚上太晚才睡觉，结果身体被拖垮了。镇上的人都真心实意地担心他们，因为现在大家能引以为傲的，就只剩下这对老夫妻了。

两天后，又传来了更糟的消息。这对老夫妻神志不清，做起了奇怪的事。护士们亲眼看见理查兹在摆弄几张数目惊人的支票——是八千五百元吗？不对——是三万八千五百元！这么大的数目究竟应该怎么解释呢？

第二天护士们又传出了很奇怪的新消息。她们商议好要把支票藏起来，以免发生意外。但当她们去找的时候，支票已经不在病人的枕头下面了。病人说：

"你们要找什么？别动我的枕头。"

"我们认为最好还是把支票……"

"支票已经被毁掉了。你们再也看不见它了。它是从魔鬼撒旦那来的，那上面盖着地狱的印，是用来骗我犯罪的。"然后他又开始唠唠叨叨，神经兮兮地说了些叫人不大听得清楚的古怪和可怕的话，医生劝那些护士不要将这些话外传。

理查兹说的是实话，再也没有人见过那些支票了。

但是那些不许声张的言论还是传播开了，且在镇上传得满城风雨。这些消息都令人十分惊骇。大家都知道了理查兹曾经申请过那一袋钱，而且听说是柏杰士隐瞒了事实，然后又不怀好意地把它泄露出来了。

柏杰士因此被众人指责，但他坚决否认这件事。他说这个老头儿神志不清，他随便说的话是不能够相信的。大家半信半疑，议论纷纷。

一两天以后，据说理查兹太太在昏迷中说的话逐渐与她丈夫的呓语契合了起来。于是猜疑最终成了确信。之前全镇都以为这位重要公民是仅存的廉洁的象征并为他感到骄傲，现在这种心理日渐暗淡，像残烛般趋于熄灭。

六天过去了，又传来了新的消息。这对老夫妻快要死了。临终的时候，理查兹的神志忽然清醒起来，他让人去请柏杰士。柏杰士说：

"我想，他是打算私下和我说几句秘密的话。请大家离开这个房间。"

"不！"理查兹说，"我要你们都听一听我的口供，我需要有人见证，好让我像一个人一样死去，而不是一只没有尊严的狗。我本是清白的——和其他人一样，是假装出来的清白；之后我也和其他的人一样，经不住诱惑申请了那个晦气的钱袋。而柏杰士先生一时糊涂，隐瞒了我的申请书，因为他记得我曾经帮过他一次忙，于是为了报恩才挽救了我。多年以前柏杰士被大家冤枉，当时只要我出面证明，就可以洗刷他的罪名，但我是个胆小鬼，让他蒙受了不白之冤——"

"不对——不对——理查兹先生，你……"

"我的女仆向他泄露了这个秘密——"

"没有这回事——"

"于是他把我的丑事揭穿了，因为他后悔救了我——这是很合理的，这是我应得的报应——"

"我发誓绝没有！"

"我真心地原谅他了。"

柏杰士激动地辩解，但老人听不见了，他已经断了气。他不知道可怜的柏杰士又被他坑了一次。而他的老伴也在那天晚上去世了。

那神圣的十九家中仅存的最后一家也成了那个残酷的钱袋的牺牲品，这个小镇世代辉煌的最后一块遮羞布也被剥去了。它的哀伤不算显眼，但相当深沉。

由于人们的祈求和请愿——州议会通过法令，赫德莱堡改名为……（我决定保守秘密，不要管它的新名字是什么），并且还从多年以来刻在这个小镇的官印上给它增光的那句格言中删去了一个字。

它又是一个诚实的村镇了，谁要再打算找它的麻烦，就要另外再找出错处了。

chapter 06

·他是否还在这个世界上?·

一八九二年三月间，我在里维埃拉区的门多涅游玩。那是地中海之滨的休养胜地之一。在这个地方，没有喧嚣、扰攘，你可以尽情享受清新的空气，灿烂的阳光和闪耀的、蔚蓝的海。这里是个舒适、清静、纯朴的地方，而且从来不讲究排场。一般来说，有钱人和浮华的人物是不到这来的。但我不久前结识了一位偶尔来到这里的有钱人。我姑且把他叫作斯密士吧——这也算是我在替他保守秘密。有一天，我们在英格兰旅馆里用第二道早餐的时候，他忽然大声喊道：

"快点！你仔细看从门口出去的那个人。"

"怎么了？"

"你知道他是谁吗？"

"知道。他的名字叫席奥斐尔·麦格南。你还没有来的时候他就在这里了。听说他很有钱，是里昂一个绸缎厂的老板，现在年纪大不干了。他还总是一副那么苦闷的样子，无精打采的，从来不跟别人说什么话。"

我以为斯密士会说些什么，以解释为什么他对这位麦格南先生具有极大的兴趣。他却什么都没说，反而陷入了沉思。他思考了好几分钟，把我和其他一切全都忘到九霄云外去了。他思考时经常会搔一搔他那一头白发，早餐冷掉了也没在意。后来他才说：

"哎，我想不起来了。"

"什么事想不起来了呀？"

"是安徒生的一篇很好的小故事，可是我把它忘了。这个故事大概是这样的：有个小孩在笼子里养了一只小鸟，他很爱它，却不知道如何照顾它。这鸟儿唱歌的时候，没有人听；后来它饿了，渴了，也没有人理会。于是它的歌声变得凄凉而微弱，最后终于停止了——鸟儿死了。小孩发现以后，伤心极了，懊悔不已。他只好眼里含着泪，唉声叹气地把他的小伙伴们叫来，大家悲伤地给这只小鸟举行了隆重的葬礼。可是这些小家伙并不知道，让诗人们饿死，然后花许多钱给他们办丧事和立纪念碑是不值得的，如果他们能在生前得到这笔钱，是可以过得很好的……"

这时候我们的谈话被打断了。那天晚上十点钟左右，我与斯密士再次相遇了，他邀我到楼上他的会客室里陪他抽抽烟，喝点热的苏格兰威士忌。房间里很惬意，里面摆着的椅子很舒适，灯也温暖华丽，壁炉里燃烧着干硬的橄榄木柴。外面传来的低沉的海涛声，更是让一切达到了美满的境界。我们喝着威士忌，闲谈了一阵后，斯密士说：

"我有一个保守了很多年的秘密——这秘密总共只有四个人知道。现在我们喝得很尽兴了——你正好可以听我讲一讲这个稀奇的故事。现在,我打算把这个西洋镜拆穿了。你有兴致听一听吗?"

"当然。你继续讲吧。"

下面就是他跟我说的故事:

"多年以前,我是个非常年轻的画家。有一次我和两个可爱的法国青年——克劳德·弗雷尔和卡尔·包兰日尔玩到了一起,他们也和我一样在法国的乡村随意漫游,到处写生。我们那股快活劲儿就跟那股穷劲儿一样,也可以说,那股穷劲儿就像那股快活劲儿一样——你爱怎么说就怎么说吧。我们兴致勃勃的,不管风霜雨雪,日子总是很有趣。

"后来我们简直穷得走投无路了。在布勒敦的一个乡村里,有一个和我们一样穷的画家把我们收留了下来,这简直就是救了我们的命——他就是弗朗索瓦·米勒①——"

"什么!就是那个伟大的画家弗朗索瓦·米勒吗?"

"伟大?那时候他并没有比我们伟大到哪儿去哩。就连在他生活的那个村子里,他也根本没有什么名气。他穷得不像话,除了萝卜,就没有什么能给我们吃的,并且有时候连萝卜也无法提供。我们四个人成了互相依赖、惺惺相惜、难分难舍的朋友。我们在一起拼命地画画,作品

---

①弗朗索瓦·米勒(1814—1875),19世纪法国现实主义画家,以描绘农村生活见长。

越堆越多，虽然连一件都很难卖掉。但我们那会儿的日子过得真是痛快极了！

"我们就这样熬过了两年多。然后有一天，克劳德说：

"'伙计们，我们已经走投无路了。你们明白不明白？大家简直是联合起来跟我们过不去哩。我把整个村子都跑遍了，结果就像我说的那样，那些人根本不肯再赊给我们一分钱的东西了，他们非叫我们先把旧账还清才行。'

"我们是真的无计可施了。我们的处境实在是糟糕透了，每个人都脸色苍白，一副狼狈的样子。大家沉默了很久。最后米勒叹了一口气说道：

"'我也想不出什么主意来。伙计们，你们有什么办法吗？'

"大家都沉默着，没有人回答，除非凄惨的沉默也可以叫作回答。卡尔站起来，来回走了几步，说道：

"'真是丢人！你看这些画这么好，比欧洲任何一个人的作品都好。那些闲逛的陌生人都这么说——反正意思差不多是这样。'

"'可他们就是不买。'米勒说。

"'总之他们是这么说的，而且听上去是真话。就拿你那幅叫《晚祷》的画来说……'

"'我那幅《晚祷》？曾经有人想要用五法郎买它。'

"'谁出了这价钱？'

"'什么时候？'

"'他现在在哪儿？'

"'你怎么不答应他?'

"'等一下——大伙儿别一起说话呀。当时看他的神情,我以为他会愿意多出几个钱,于是我很有把握地讨价还价,要了八法郎。'

"'那么后来呢?'

"'他说他之后再来找我。'

"'哎,弗朗索瓦,这真是糟糕透顶!'

"'啊,伙计们,我知道不该那样,我简直是个大傻瓜。但我的本意是很好的……'

"'嘻,那还用说,我们都明白,就让老天爷保佑你这好心肠的人吧。可是下次你可千万别再这么傻了。'

"'下次有人拿一棵大白菜来跟我换我都愿意——你瞧着吧!'

"'想起大白菜我就直淌口水。说点儿别的事情吧,要不然太让人难受了。'

"'伙计们,'卡尔说,'你们说,难道这些画真的没有价值吗?'

"'谁说没价值!'

"'它们应该具有很高的价值,对吗?'

"'对呀。'

"'既然这样,如果能给它们安上一个有名的作者,那一定能卖出很高的价钱。是不是这么回事,这么说没错吧?'

"'当然。这个说法完全没有问题。'

"'我没有开玩笑——我这话究竟对不对呀?'

"'我们也没有开玩笑。你的话一点不错，可是这与我们有什么相干，你到底想说什么呢？'

"'伙计们，我想给我们这些画硬安上一个著名的画家的名字！'

"大家都静了下来，疑惑地转过脸来看着卡尔。他葫芦里究竟卖的什么药？这么做真的可以吗？就算可以，应该安上哪个画家的名字呢？

"'现在我要提出一个一本正经的办法来。'卡尔坐下来，继续说道，'我这个意见是以人类历史上各色各样的、早已是大家公认的事实为根据的。如果你们不想进游民收容所，就只能这么做，我对这个办法有十足的把握。并且我相信我这个计划一定能让我们大伙儿都发财。'

"'发财？我看你是发神经吧。'

"'不，我可没发神经。'

"'哼，你明明是发神经病了，还说没有！——你说，怎么叫作发财？'

"'每人能有十万法郎吧。'

"'他的确是个神经病，我早就知道了。'

"'是呀，他确实是个神经病。卡尔，你实在是穷疯了，所以才……'

"'卡尔，你应该赶紧吃药，然后到床上去躺着。'

"'先拿绷带把他的头捆上吧，然后……'

"'不对，应该把他的脚跟捆上才对。这几个星期他的脑子一直在开小差，老往脚底下坠。'

"'行了！'米勒恢复了严肃，说道，'让他把话说完吧。好了，卡尔，把你的想法说出来吧。你究竟想怎么做？'

"'大家请听我说，请你们注意人类历史上有很多先例，许多艺术家一生穷困潦倒，只有饿死了之后才被人赏识。这种事情发生过太多次了，简直就像一条定律。那些艺术家死后，他们的画的价格翻了成千上万倍。我的计划是我们几个来抽签——中签的那个人就去死。'

"他这话说得轻飘飘的，好像没有什么大不了一样，所以我们甚至忘记惊跳起来。缓过神之后，大家开始大声叫嚷，纷纷要帮卡尔治他的脑子。可是卡尔却耐心地等着大家平静下来，然后才

继续说他的计划：

"'我没有开玩笑，我们必须得死一个人，这样才能救剩下的人。我的想法是这样的：我们先来抽签，然后抽中的那个人在今后的三个月里要拼命地画画，每天画个五十来张，积存画稿，但不用正式地画，可以是写生的草稿或者没有画完的习作，甚至随便勾上几笔也行，每张上面都带点儿特点或个人风格，让人容易看出是他的作品就行……最后题上作者的名字就大功告成了。在这段时间里，我们其余的人就要拼命鼓吹这位将死的画家。等到一切就绪，他名声传扬得很广的时候，我们就向世界突然宣布他的死讯，并给他举办一场隆重的葬礼。这样，在这位伟大的画家去世之后，大家就会出高得让人无法置信的价钱来替世界各地的博物馆收购这些杰作。你们能听懂吗？'

"'听不太懂……'

"'这还不明白？那个人只要改名换姓，销声匿迹就行了，并不是真的要去死。到时候我们埋个假人，然后假哭一场，不就行了……'

"他的话还没说完，大家就都欢呼了起来，连声称妙。大家跳起来互相拥抱，表示非常高兴和期待。我们商量了好几个钟头，甚至一点也不觉得饿了。最后，把一切细节都商量好了之后，我们就开始抽签，选定了米勒当那个假死之人。然后我们大家把自己最珍贵的小纪念品凑到一起，不是到了无可奈何的时候我们甚至不舍得将它们拿出来做赌注。我们把它们当掉，那些钱勉强够我们简单吃一顿告别的晚餐和早餐。我们留了几个法郎作为盘缠，然后给米勒买了一点食物供他生存。

"第二天一早，我们三个人吃完早饭后就分头行动了，每人都带着十几张米勒的小画到处兜售。卡尔朝着巴黎那边走，他要到那儿去替米勒把名声鼓吹起来，而克劳德和我决定各走一条路，去法国各地乱跑一场。

"在这以后，我们的行程出乎意料地顺利，你听了一定会大吃一惊。我走了两天，在一个大城市的郊外，开始给一座别墅写生——因为我看见别墅的主人正站在楼上的阳台上。我画得很快，故意吸引他的注意力。他果然下来了。看了一会后，他开始不由自主地称赞我！

"我搁下画笔，从皮包里取出一张米勒的作品来，指着角上的签名，装作得意地说：

"'我想你应该认识我的老师吧？我可是只学到了他的一点皮毛呢！'

"这位先生显得有些局促不安，没有作声。我很惋惜地说：

"'难道你连弗朗索瓦·米勒的签名都认不出来？'

"他当然是不认得那个签名的。但是当时他的处境很尴尬，他只好说：

"'嗨，怎么会认不出来！的确是米勒的签名，我刚才也不知在想什么。现在我认出来了。'

"随后他就要买那张画。我对他说我虽然不怎么有钱，可也并没有穷到那个地步。不过后来我还是以八百法郎的价格卖给他了。"

"八百法郎！"

"是呀。米勒本来是想拿它换一块猪排的，但我却将这张小画卖了八百法郎。假如现在能花八万法郎把它买回来，我也愿意。可是没有这个机会了。我给那位先生的房子画了一张很漂亮的画，本想十法郎就卖给他，可是我是一位大画家的学生，这么贱卖不大像话，所以我就卖了一百法郎。我马上把八百法郎汇给了米勒，第二天又去往别处。

"我不用再走路了，从那以后，我开始骑马。我每天只卖一张画。我总是对买主说：

"'我把米勒的画卖掉实在是太傻了，因为这位画家恐怕活不过三个月了，他死了之后，出再多的钱也别想买到他的画了。'

"为了未来做打算，我想方设法地把这个消息传播出去。

"卖画是我出的主意，这个计划应该是归功于我的。我们那天晚上商量宣传方式的时候，我就提出了这个办法。本想着如果不成功，再尝试其他方法，结果我们三个人都干得很成功。克劳德走了两天路，我也走了两天——因为我们俩都不愿意让米勒在离家太近的地方出名，怕有什么纰漏——可是卡尔这个没良心的只走了半天！之后他就到各处旅行，摆出了公爵的派头。还好我们的计划很成功。

"我们和各地的报纸记者搭上关系，在报纸上发表消息，营造出弗朗索瓦·米勒家喻户晓的假象。我们根本不去称赞他，只是简单报道一些他的近况，说他凶多吉少。我们每次都圈出这类消息，给那些买过我们的画的人寄过去。

"不久之后卡尔就到了巴黎，然后派头十足地干起来了。他结交了很多通讯记者，甚至在英国和世界各地报道米勒的情况。

"我们三个在六个星期之后于巴黎会了面，并决定不再写信叫米勒寄画来了，也停止宣传。这时候万事俱备，他已经轰动一时，我们觉得应该把握时机。于是我们立刻写信给米勒，叫他如果来得及的话，赶快饿瘦一点，在十天之内'死去'。

"我们三个人一共卖了八十五张画和习作，我们计算了一下，一共是六万九千法郎，成绩很不错。卡尔卖出去的最后一张画价钱最高，他把那张《晚祷》卖了两千二百法郎。我们使劲夸奖了他——我们无论如何也想不到，后来会有一天，整个法国都抢着要把这张画据为己有，而且会有一位无名人士花五十五万法郎购买了它。

"那天晚上我们准备了香槟酒，举行了庆功宴，第二天克劳德和我就收拾行李，回去照顾'临终'的米勒了。我们每天发出米勒的病况，谢绝那些探听消息的闲人，帮米勒度过他'最后'的几天，然后我们宣布了噩耗，卡尔也及时赶回来帮忙料理葬礼，然后把消息报道给全世界关注这事的人们。

"你应该还记得吧，那次的出殡真是轰动全球，美洲和欧亚等洲的上流人物都来参加了，大家都来表示哀悼。我们四个抬着棺材，还是那么难分难舍，不让别人帮忙，因为棺材里根本就只装了一个蜡做的假人，如果让别人去抬，他们会发现重量不对，我们就会露出马脚。我们当初相亲相爱、患难与共的四个老朋友抬着棺……"

"哪四个人？"

"我们四个嘛……米勒也帮忙抬着他自己的棺材哩。当然，是化过装的。他装作是一位远房的亲戚。"

"妙不可言！"

"那可不是吗，我说的可是真话。嘻，你还记得当时他的画的价格涨得多快吗？我们简直不知该如何处置这些钱才好。现在巴黎还有一个人收藏着七十张米勒的画，他是用二百万法郎买去的。至于当初在路上那六个星期里米勒赶出来的写生和习作，你要是知道我们卖多少钱一张一定会大吃一惊——并且那还得我们愿意卖才行！"

"这真是个稀奇的故事！"

"谁说不是呢。"

"那米勒后来究竟怎么样了呢？"

"你能保守秘密吗？"

"当然。"

"你记得今天在餐厅里我叫你注意看的那个人吗？那就是弗朗索瓦·米勒。"

"我的天哪，原来——"

"是呀，这一次我们总算没有把一个天才饿死，然后把他应得的报酬装到别人的荷包里去。这一只能唱歌的鸟儿可没有白唱，不会落得没有人欣赏，只有死了之后获得一场无谓的盛大葬礼的境地。我们原来是等着遭这种命运的呢。"

chapter 07

·高尔斯密士的朋友们又到国外去了①·

这些信中所描述的经历，没有任何一件是需要杜撰的。一个在美国定居的中国人的生活，是不需要我们用想象去夸张的。赤裸裸的真相已经摆在那里了。

第一封信

秦福兄：

如今，万事俱备，我就要离开我那饱受压迫和苦难的家乡，

①一七五九年，英国作者奥里弗·高尔斯密士发表了一系列讽刺的书信，这些信是假借一个拜访过英国但对当地的风俗习惯表示批判的中国人的名义写的。马克·吐温采用了高尔斯密士的体裁进行创作，以此来抨击美国。

远航前往伟大的美国了，那里所有的人都是自由的，人人平等，任何人都不会受到伤害和欺辱。它具有一项极其珍贵的权利，它可以被称为自由之地、勇士之乡。我们和我们周围的每一个人，都怀着一种热切的渴望，凝视着遥远的大海，在心里，将我们在家乡度过的痛苦的岁月与海那边幸福的庇护所中富足而安逸的生活进行比较。我们都清楚，美国是如何欢迎德国人和法国人的，也清楚那些遭受苦难的爱尔兰人是怎么得到面包、工作和自由的，他们又是怎样地感激涕零。我们也明白，美国总是愿意接受所有受压迫的人民，愿意向所有到那里的人提供它的财富的，不论他们的国籍、信仰、肤色。不用别人告诉我们，我们也明白，那些被他们从压迫和饥饿中解救出来的外国人，将是最热情地接待我们的一群人，他们亲身经历过这种痛苦，因此，他们在得到

了慷慨的帮助之后，也会大方地向其他不幸的人伸出援手，以表示出别人对他们的豪爽慷慨的帮助并没有白白浪费。

艾颂喜敬启

一八××年，于上海

第二封信

秦福兄：

我们已经在大海上航行了，我们正在驶向自由之地，驶向勇士之乡。我们很快就会到达那个没有痛苦、人人平等的国度了。

请我去美国的那个善良的美国人每个月将会付给我十二美元，你看，这薪水是很高的，比我们在中国赚的要多出二十倍。我坐这条船花了不少钱，甚至能算得上是一笔很大的钱款。这笔乘船的费用最终都要我自己承担，但我的雇主目前替我垫付了，他给了我足够的分期付款的时间。离家时，我已经将我的妻子、儿子和两个女儿交给我雇主的朋友，作为我这次出行的费用的抵押，这只是一个例行的手续而已。我的雇主说，我的家人不会被卖掉，因为我对他忠心耿耿，这才是最大的保障。

原本我以为到达美国时，我的手里还能留下十二美元供我日常开销，可是美国领事馆向我收取了两美元的乘船执照的费用。他本应当给全船发放一张执照，上面标明中国旅客的人数，而且一共只允许收取两美元的费用，无权额外收取费用；不过，他还是坚持要给每一个中国人都发一份许可证，好将多出来的钱装进自己的口袋。在这条船上，一共有一千三百名中国公民，他一共收到了两千六百美元的通行费。我的雇主说，美国政府知道这一点，而且对这种敲诈行为深恶痛绝，所以他们竭尽全力想让上届国会通过《太平洋与地中海航船法案》，让这些勒索——我的意思是这些费用，由国家按照法律来收取。可是，这个议案被否决了，所以，在下届国会通过该法案之前，他们还能非法地积累财富。这是一个伟大的、高尚的、有着良好品德的民族，它对所有的邪恶和欺骗都深恶痛绝。

我们在船上一直坐的是专门为中国同胞划分出来的区域。这个区域被称为统舱。我的雇主说，这个地方是专门留给我们的，这里不惧气温的变化，也不用担心危险的过堂风。这又一次表现了美国人对所有受苦受难的外国人的一种慷慨和大公无私的态度。统舱内虽然有些狭窄，有些潮湿，但毫无疑问，这对我们来说是最合适的。

昨天晚上，在我们的同胞中突然发生了一场争吵，船长向他们喷出了一股热汽，有八九十个船员被烫伤了，有的轻微，有的严重，总之，他们都很痛苦。一些人的皮肤已经脱落了。当热汽包围这群人时，他们发出凄厉的尖叫，拼命地往前挤，以致一些没有被烫到的人被践踏得皮开肉绽。我们没有什么好抱怨的，船主说，这是一种惯常的解决纠纷的方式，甚至在二等舱里，美国人也隔三岔五要来这么一次。

秦福，恭喜我吧！十天以后，我将会在美国的沿海地区，被那里的善良的人民所迎接；那时，我将会昂首挺胸，认为自己是一个自由人中的自由人了。

艾颂喜敬启

一八××年，于海上

第三封信

秦福兄：

我兴高采烈地上岸了！我几乎要情不自禁地手舞足蹈、大声歌唱，以膜拜这片宽容而勇敢的自由的土地。但是我刚一下跳台，就被一个身穿灰色军装的人从后面猛踹了一下，他告诉我小心点儿——雇主是这么告诉我的。我刚转过身来，另一个军官就用他的棍子敲了我一记，也让我小心些。我刚要把我和洪五用来挑行李的那根扁担提起来，另一位官员就在我头上敲了一下，意思是让我把扁担放下，接着又踢我一脚，表示对我

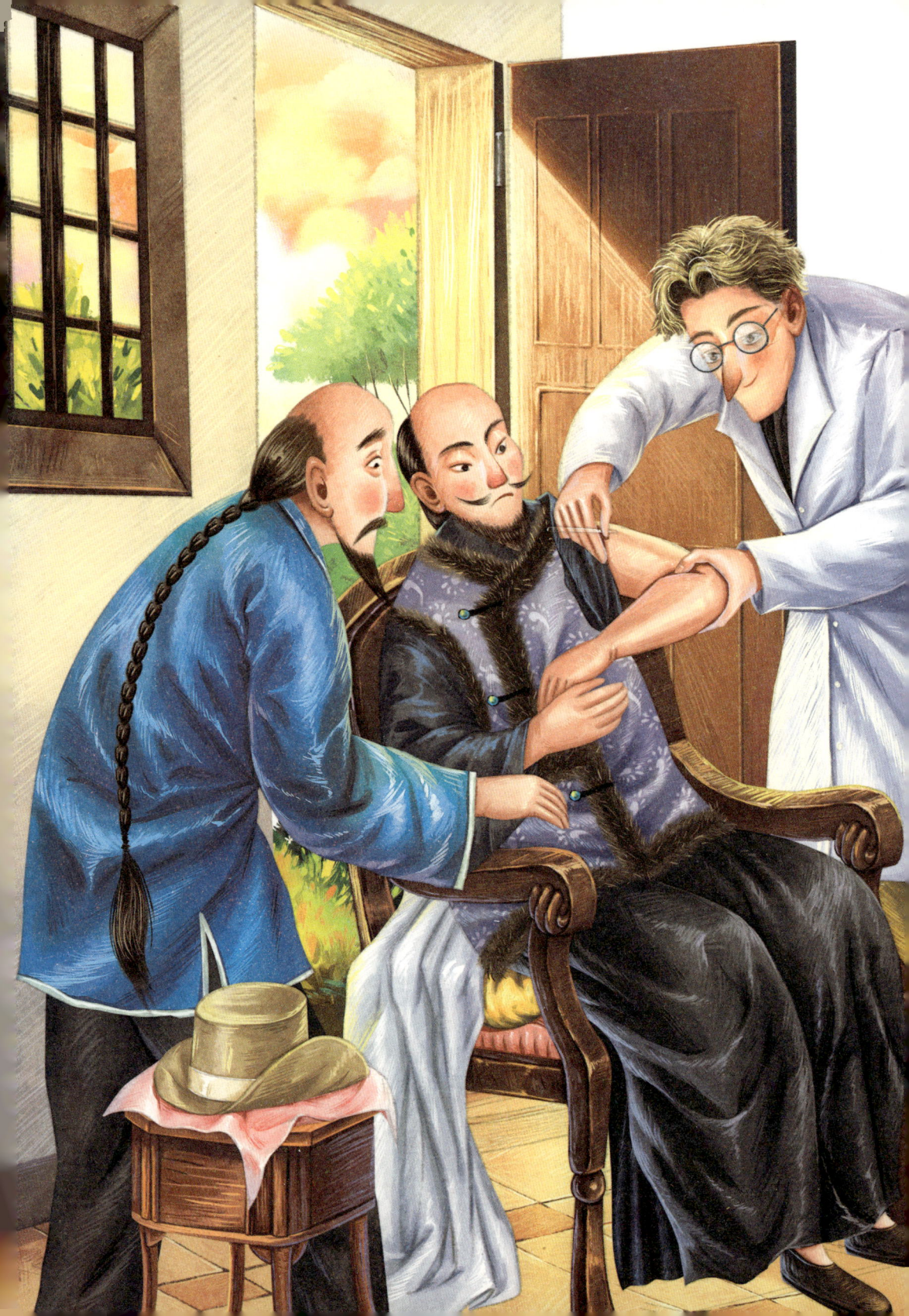

们的言听计从非常满意。接着，又有一个人进来，拿起我们的篮子和包裹搜查了一遍，然后把它们扔在污秽不堪的码头上。接着，这两个人就在我们身上搜查。他们在洪五身上发现了一小袋烟丝，就藏在他的发髻里，所以他们扣下了烟丝，并将洪五捉去，交由一个小官看管。他们说他这是犯罪行为，所以要扣押他的东西。不过因为我们两个人的东西都放在一块，很难分辨出哪个是属于他的，哪个是属于我的，因此他们就直接将所有东西都没收了。我说要帮忙分开行李，他们就用脚踹我，让我老实一点。

　　现在，我既身无分文，又无依无靠，所以我对雇主说，如果可以的话，我想在城里四处转转，了解一下当地的风土人情，然后在他需要我的时候我再回来干活。在这样一个受欺凌之人的庇护所里，受到了这样的欢迎，我不想表现出一丝的沮丧。因此，我尽量装出一副欢天喜地的样子，说话时也尽量显得高兴些。不过他让我再等等，我必须种防止天花的痘。我笑了笑，告诉他说，从我脸上的麻子就能看出来我已经出过天花了，所以，我根本不用再去种什么痘。但是他说这是按照法律来的，不管怎么说我都得种痘。医生是绝对不会放过我的，因为按照法律，他必须在每一个中国人身上都种痘，并且每个人都得缴纳十美元的费用。我敢肯定，如果有哪个蠢货宁可在别的国家出天花，大夫也会强制执行这条法律，不会轻易地通融——为了那笔收入。医生很快就来了，他给我种了痘，拿走了我所有的钱——这十美元可是我辛辛苦苦工作一年多，省吃俭用才攒下的。唉，制定这些法令的人，要是他们知道城里有那么多的医生愿意只收一两块钱给别人种痘，他们就不会开出那么高的价格，让来自爱尔兰、意大利、中国的那些无亲无友，为了躲避饥饿和痛苦而跑到这个快乐的地方的穷人为难了。

艾颂喜敬启

一八××年，于旧金山

第四封信

秦福兄:

　　我来到这儿差不多有一个月的时间了,我每天都在学习一些美国话。老板原本想让我们到遥远的美洲东边的那些大种植园里去工作,但是他的计划失败了。他那笔生意没做成,所以他把我们统统都解雇了,却又设法让我们答应将他垫付的船费和盘缠按时归还。以后我们在这边赚到钱了,第一件事就是把欠下的债还给他。他说每个人六十美元。

　　我们在这儿住了将近两周后,就这么被赶出来了。在那以前,我们一直被关在一间小屋里,等待分配工作。然后,我就被解雇了。我不得不像一个流浪汉一样,在一个陌生的国家里流浪,没有亲友,身无分文,只有身上一套衣服。只有一点还算不错,至少我的健康状况很好,而且我不必为看守行李而操心。哦,我差点忘记了,我还有一点要强过别的流浪国外的穷人,那就是我在美国,这可是上天为这些可怜的被压迫的苦难人准备的庇护所啊!

　　就在我这样安慰自己的时候,有几个小伙子怂恿一条凶猛的猎犬向我扑来。我竭力反抗,但没有用。我躲到一户人家的门前,但是那户人家的门紧闭着。然后,那条狗觉得自己能够为所欲为了,突然朝我冲了上来,对着我的喉咙、脸和身体裸露出来的部位一阵狂咬。我尖叫着，呼喊着，但是那几个少年却只顾着嘲笑我。有两个身穿灰色军装的人（他们的职务是巡逻警察），只是在旁边看了一会，然后就潇洒地离开了。但是，有一个人拦住了他们，让他们都回去，说他们看到我这样受苦，却无动于衷，实在是太丢脸了。于是，两个警察用棍子赶走了那条狗。尽管我身上到处都是伤口和血迹，但能摆脱那条狗，也是一件令人高兴的事。叫警察来的那个人质问那些青年，干吗要这样对待我。他们让那个人不要多管闲事，对他说："一个中国的丑东西来到美国，和我们这些聪明体面的白人抢工作。我们在维护自己的权益，有些人却为他们打抱不平，吵吵嚷嚷地要为他们讨公道。"

他们对我的救命恩人进行了一番恐吓。看到周围的人都是一副凶神恶煞的样子，我的恩人只好离开了。他离开的时候，很多人都在破口大骂。然后，那些警察告诉我，我已经被抓了，必须要跟他们走。我跟一个警察对质，我问他我犯了什么罪，一定要逮捕我，他却拿着一根大棒在我身上乱敲，还让我"闭上狗嘴"。我被押到一条小巷里，后面跟着一大帮吵吵闹闹的孩子和游手好闲的人。后来，我被送到一座用石板砌成的监狱里，监狱的一面是一排排的大房间，所有的房间都装上了铁栏杆。我站在一张书桌前，书桌后有个人正把我的情况记在一块木板上。抓我的一个警察说："中国人危害公共安全，扰乱社会秩序，麻烦给他记上。"

我正要反驳，他却说："闭嘴！你还是乖乖听着吧，老实点，兄弟。该死的，你总是在耍无赖，然后企图否认，这样的事已经有两三次了。在这里，光凭你的一张嘴是没用的。你必须安分守己，规矩一点，不然我们就要收拾你了。你的名字是什么？"

"艾颂喜。"

"别的名字呢？"

我说我不懂他的意思，他说他要问的是我的真名，因为他认为我是在上次偷了一只鸡以后，才开始用这个假名的。听到这句话，大家都笑了起来。

后来，他们在我身上搜了一圈，但一无所获。他们似乎很恼火，向我询问是否有人愿意"为我签字保释，或者为我支付罚金"。他们将这一点跟我解释清楚后，我又说，我并没有做过坏事，也没有犯过罪，凭什么要我去取保，或者交罚金？他们两个人都用脚踹我，还警告我说，我很快就会知道，对我来说越客气越好。我辩解说，我一点也没有对他们无礼的意思。其中一个人拉着我走到一旁，说道："好了，老兄，你给我记住了，别在我们面前装糊涂。你要明白，我们说话从来都是算数的。你还是趁早想办法弄到五美元，然后乖乖交到我们手里吧，这样你就可以省去许多麻烦了。少一分钱你都别想离开这里。

你的朋友是谁？"

我对他说，我在美国没有什么朋友，而且我的家乡离这里很远，我孤苦伶仃，一贫如洗。我请求他让我离开。

他一只手抓住我的后衣领，用力推了我几下，把我推到了牢房的另一头。然后他推开一道大门，一脚踹在我身上，把我踢了进去，说道："好，你这个浑蛋，你很快就会知道，在美国，是没有地方能容纳你这样的家伙和你们那种民族的。"

艾颂喜敬启

一八××年，于旧金山

chapter 08
◆ 一 个 真 实 的 故 事 ◆

（按我听到的内容逐字逐句叙述的）

那时正是夏日傍晚时分。我们在山顶上一间农舍门前的过道里坐着，瑞奇尔大娘在我们这一排的下方，端端正正地在楼梯上坐着——她是我们的用人，而且是个黑人。她长得又高又壮，尽管已经六十岁了，但她的眼睛并不昏花，力气也不小。她是个快乐、活泼的人，笑起来总是热情洋溢的，就像小鸟一样欢快地叽叽喳喳。现在，她正像往常那样，在黑暗中，被炮火轰击。换句话说，她被人无情地取笑了，但她却觉得这很有趣。她时而放声大笑，时而用两只手捂着脸，笑得前仰后合，全身颤抖，几乎透不过气来。就在这时，我忽然有了一个想法，便说：

"瑞奇尔大娘，你为什么在六十年里一点烦恼都没有呢？"

她不再摇晃了。沉默了片刻后，她回头看了看我，说：

"您真的这么认为吗，克先生？"她的语气认真，没有一丝开玩笑的意思。

　　这可把我吓了一跳，但也叫我的神态和言谈更严肃了。我说道：

　　"嗯，我想……我的意思是，我想……嗯，你根本不会有什么烦恼呀。我从未听到你的叹息，也从来没看过你眼中没有笑意的样子。"

　　这时，她几乎把自己的脸完全转过来了，看起来一副十分严肃的样子。

　　"我有没有过烦恼？我来告诉您，克先生，您自己好好想想吧。我出生在奴隶堆里，我很清楚当奴隶是什么滋味，因为我曾经就是奴隶。嗯，阁下，我的丈夫，也就是我们家当家的，对我非常和蔼，我们俩很恩爱，就像您和您的妻子一样。然后，我们有了孩子，七个孩子，我们都很喜欢他们，就像您喜欢您的孩子一样。他们都是黑人，但是，无论上天赋予他们什么样的外表，让他们有多黑，他们的母亲还是一样喜欢他们，不会抛弃他们，甚至，就算有人愿意用世界上的任何东西来交换，她都不会同意的。

　　"啊，阁下，我是在古老的弗吉尼生长的，而我母亲却是生长在马里兰的。天哪，要是有什么人敢招惹她！乖乖！她就去找他算账！当她生气的时候，她总爱说一句话：'我要告诉你，我不是一个出生在普通的家庭中的女人，我不能让你们这些浑蛋来取笑我！我是老蓝母鸡的鸡崽子，就是这样！'您要知道，马里兰的人总是这样称呼自己，而且还以此为荣。哈，这就是她常说的话。我永远也不会忘记，她总是这样说。在我的亨利还很小的时候，有一次他把手腕摔坏了，脑袋也磕破皮了，当时黑人们没有立刻跑来照顾他,她就开始咒骂。当他们反驳的时候,她立刻站了起来,说道:'喂,我要让所有的黑人都明白,我不是一个出生在普通的家庭中的女人,我不能让你们这些浑蛋来取笑我!我是老蓝母鸡的鸡崽子,就是这样!'说完,她打扫好了厨房,亲自给那男孩包扎伤口。所以后来我被别人惹生气的时候,我也会这么说。

"哎,再后来,我以前的老东家说她破产了,没办法,只能把庄园里所有的奴隶全部卖掉。当我听到有人说要把我们全都送到里奇蒙去拍卖时,我就明白是什么情况了。哎呀!果然如此!"

瑞奇尔大娘越讲越起劲,她慢慢地从地上爬了起来,在我们眼前挺拔地站立着,在星星的映衬下,她那黑色的影子格外显眼。

"他们用铁链锁住了我们。我们被带到一个平台上,大约有二十英尺高。一群人聚集在平台周围,然后走到我们跟前,仔细地看着我们,扭我们的胳膊,让我们站起来四处走动。他们开始评价,'那个太老了',或者'那个一看就笨',要不就是'这个腿瘸了'。然后他们就把我丈夫给卖了,卖完之后,他们又要把我的儿女带走卖掉。我就开始哭泣。一个人大声斥责我说:'你不许哭。'然后伸出手来,给了我一个耳光。最后,所有的奴隶都被卖掉了,除了我那小小的亨利。我拼命地抱住他,然后起身说:'你不能带他走。'我说:'谁敢碰他一下,我就杀了谁!'但是,我的亨利低声说:'我会逃走的,逃走之后我会努力工作,把您赎出来。'上帝啊,我的亨利是那么孝顺!但是他们把他拖走了——他们把他拖走了,那些人就是这样做的。我抓住了他们的衣裳,把他们的衣裳扯得破破烂烂，又用我的铁链敲他们的头。他们也狠狠地打了回来，不过我并不在乎。

　　"是的，我的丈夫和我的孩子们就这么全都离开了，七个孩子都走了——其中六个我至今再也没有见过，截止到上一个复活节，也有二十二年了。将我买来的人是新百伦公司的，他领着我到了那里。哎，年复一年，战争开始了。我的雇主是南方军队的上校，我为他家做饭。于是，当北军占领了这座城市时，他们全都逃走了，我被他们丢下了，和其他几个黑人一起留在那座可怕的大房子里。后来，北边的几个高级将领就搬了进来，还让我帮忙做饭。噢，我当然同意了，我就是做这个的啊。

"而且，他们可不是什么低级的官员，都是些很厉害的官员，他们想让士兵做什么就做什么，这是多么了不起的事啊！那位将军告诉我，在厨房里我说了算，他说：'如果有人来找你的麻烦，只要把他打发走就行了。不要怕。你现在是和你的伙伴们在一起呢。'

"好吧，我在心里暗暗想着，我的小亨利一有机会，肯定会到北方去。因此，有一天我走进了长官们待的地方，在客厅里，我向他们问好，然后我向他们说起我的亨利来，他们很乐意地倾听我的心事，好像我是个白种人似的。我补充道：'我之所以这样做，是想着如果他逃走了，逃到了北边，逃到了诸位大人那里，那么，诸位大人可能看见过他，你们告诉我，我就能去把他找回来了。他很小很小，他的左手手腕上有一道伤痕，额头上也有一道伤痕。'他们看起来有些难过：'他被带走多长时间了？''有十三年了。''那他不会再像以前那么小了——他该成为大人了！'

"我从来没有想过这些！在我心里，他一直是一个矮小的孩子。我从未想过，他会长大成人。不过，我如今知道了。军官们从来没有见过他，因此他们帮不了我的忙。不过，在那几年，在我不知道的时候，我的亨利确实到了北边，在那里待了好几年，甚至在那儿当了个理发师，一个人干活。战争一开始，他立刻说：'我理发已经理够了，我得去找我的母亲，除非她已经不在人世了。'于是他卖掉了自己的工具，到了征兵的地方，在一位上校手下做事。这样，他就可以随军出征，四处打听他妈妈的下落了。是的，他为一个又一个的军官服务，直到走遍了南方所有的地方。不过，你瞧，我对此一无所知。这我哪里清楚呢？

"嗯，在一天夜里，我们举行了一次舞会，新百伦军营里的人为了取乐，经常举行这种活动。他们开舞会的地点就是我的厨房，他们在那里开了无数次，因为那房间太大了。你要知道，我不喜欢他们这样做。因为我那是为将军们服务的，丘八爷总跑到我这蹦蹦跳跳，我可要担心死了。不过，我从来不理睬他们，舞会开完了我就收拾，反正就这样。有的时候，他们把我激怒了，我就让他们帮我收拾一下，我跟您讲，他们可真够勤快的！

"哦，那天，也就是周五夜里，突然来了一大群黑人，他们都是看守这座屋子的黑人卫队的成员，您知道，这间屋子就是指挥部。一下子我就兴奋起来了！我特别开心！我太高兴了！我带着极大的热情四处张望，转来转去。我心里痒痒的，真希望他们能带着我一起跳舞。他们全都绕着圈子跳起舞来！天哪，他们玩得特别愉快！我也很开心，很开心！过了不久，有一个衣着光鲜的黑人青年蹦蹦跳跳地从房间的另一端走了进来，他的怀里抱着一个黄皮肤的姑娘。他们在那儿转啊转，转啊转，就像喝醉了的人一样。当他们走到我面前时，他们一会儿把这条腿放下来，一会儿把另一条腿放下来，然后对着我的红色围巾哈哈大笑，嘲笑我。我生气地说：'去你的！浑蛋！'那个青年的脸色突然变了，但也只是一瞬间，然后他就像刚才那样哈哈大笑。就在这时，另一些黑人来了，他们是乐团的成员，总喜欢站在那里摆谱。那天，当他们刚开始装腔作势的时候，我就开始捣乱！他们的笑声让我更生气了。其他几个黑人也跟着哈哈大笑，我再也控制不住自己，我真的很愤怒！我的眼睛都要喷出火来了！我直立起来——就像我现在这样，脑袋几乎碰到了房顶——我把手放在腰间，说道：'喂，我要让所有的黑人都明白，我不是一个出生在普通的家庭中的女人，我不能让你们这些浑蛋来取笑我！我是老蓝母鸡的鸡崽子，就是这样！'这时，我看到那个青年停了下来，目瞪口呆，一动不动，仿佛在凝视着屋顶，像是忘记了什么事情，想不起来了。然后，我向那些黑人走去——像个将军一样，他们从我身边跑开了，跑出了门。当那个小伙子离开时，我听到他对另一个黑人说：'吉姆，你先走吧，你对上尉说，我可能在早晨八点左右才会回来。我心里有些事。'他说：'今天晚上，我是睡不着了。你先去吧，让我一个人待着。'

"那会儿是凌晨一点多。七点钟左右，我起床为长官们准备早餐。我站在炉子跟前，用我的右手推开炉子的门，然后再把它关上。我捧着一盘热乎乎的小面包，刚要抬头的时候，发现有一个黑乎乎的脸蛋伸到了我的脸的下面，一双眼睛直勾勾地盯着我。我站在那里，一动也不动！一遍又一遍地端详着，我的手不断地颤抖，突然，我恍然大悟！当碟子落到地上时，我握住他的左臂，把他的衣袖撩起来，然后我又立刻抬起头来，看着他的前额，撩起他的头发。我说：'哈，如果你不是我的亨利，你的手腕和额头上怎么会有这些伤疤？感谢上帝，我终于看到了家人！'

"哦，不，克先生——我确实一直没什么烦恼。但也没有什么值得开心的事！"

chapter 09

◆ 被 偷 的 白 象 ◆

—

　　下面这个稀奇的故事是我在火车上听一个偶然认识的人讲的。他是一位年过七旬的老先生，有着非常温和文雅的容貌和真挚诚恳的态度，给人一种从他嘴里说出的一切事情都是无可置疑的真实的印象。以下是他讲的故事：

　　你知道暹罗①的皇家白象在该国是极为受人尊敬和崇拜的吧。只有国王才有资格养它，它的地位甚至超过国王。五年前，由于大不列颠和暹罗之间的国界纠纷，暹罗方面承认了错误并迅速执行了赔偿手续。为了表示感激并缓解英国可能存在的不满情绪，暹罗国王决定送一份高贵的礼物给英国女王。没有比一只白象更合适的礼物了。作为当时在印度担

―――――――
　　① 泰国的旧称。

任特殊文官职位的我，被委托将这个礼物献给女皇陛下。暹罗政府为我提供了一艘船，并配备了侍从、随员和照顾白象的人员。经过一段相当长时间的航行，我到达了纽约港，并将我那受皇家重托的礼物安置在泽西城的一个精心准备的地方。为了使这只白象恢复健康，我们不得不在泽西城停留一段时间。

过了平安无事的两星期，然后，厄运降临到了我头上——白象被人偷走了！午夜时分，有人叫醒了我，并告知我这个不幸的消息。我一度陷入恐惧和焦虑之中，不知所措。不过，我渐渐冷静了，头脑也清醒了。我很快想出了唯一可行的办法。尽管已经是深夜了，但我还是赶到纽约，并找到一位警察带我去侦缉总队。幸运的是，我抵达时正好赶上督察长布伦特准备回家。他是个中等身材、体格健壮的人，思考时常常皱眉，还会用手指敲击额头，给人留下深刻的印象，让人相信自己面对的是一个非凡的人物。看到他的样子，我充满了信心和希望。我向他陈述了我的来意。他对这件事毫不惊慌，似乎我对他说的是有人偷了我的狗一样。他挥手让我坐下，镇定地说道：

"请让我思考一下吧。"

他一边说着，一边坐在办公桌前，用手托着头。办公室的另一头有几个书记员在工作，随后的六七分钟，我只听见他们的笔在纸张上滑动的沙沙声。同时，督察长陷入沉思。最后，他抬起头来，表现出一种自信的神态，让我知道他已经有了主意。他说话的声音低沉而有力，让人听了很是难忘：

"这个案件非同寻常。要小心谨慎地处理每一个细节，每一个步骤都要确保稳健。必须保守秘密，不要向任何人透露，包括记者。他们将是我对付的对象。我会让他们只得到一点符合我的目的、我故意透露出去的消息。"他突然按了按铃，一个年轻人走了过来。"亚拉里克，让记者们暂时先别回去。"年轻人出去了。"现在，让我们继续讨论正事吧，谈的时候一定要有条理。在我们这一行里，没有严格和周密的方法，是无法办成任何事的。"

他抓起一支钢笔和一张纸，说道："好吧，那头大象的姓氏是？"

"哈森·本·阿里·本·赛林·阿布达拉·穆罕默德·摩伊赛·阿汉莫尔·杰姆赛觉吉布荷伊·都里普·苏丹·爱布·布德普尔。"

"那它的名字呢？"

"江波。"

"出生地呢？"

"暹罗京城。"

"父母还健在吗？"

"不，都死了。"

"除了它之外，它们还有别的孩子吗？"

"没有，只有它一个。"

"行了，在这一项下面填这些就足够了。接下来把那只大象的模样给我说一遍吧，别遗漏任何一个细节。就算你觉得不重要的也得说出来——对我们这一行来说，任何细节都是重要的。"于是我一边讲述，他一边记录。当我说完了的时候，他就说：

"好吧，我念一遍。我要是有说错的地方，请你更正。"

他照下面这样念道：

"身高十九英尺。身长从额头到尾巴二十六英尺，鼻子长十六英尺，尾巴长六英尺，包括鼻子和尾巴的总长度有四十八英尺，象牙的长度为九英尺半，耳朵的大小与这些尺寸相称，脚印就像水桶在雪里留下的痕迹。大象的颜色是灰白色，每只耳朵上都有一个装饰宝石的洞，有碟子那么大。它特别喜欢对着旁观的人喷水，还喜欢用鼻子捉弄人，它不仅对熟悉的人这样，连对完全不认识的人也一样。它的右后腿略瘸，左腋下从前生过疮，现在留有一个小疤。被盗的时候，背上有十五个座位的乘厢，披着一张普通地毯大小的金丝缎鞍毯。"

他写的没有问题。督察长按了按铃，把这份说明书交给了亚拉里克，然后告诉他说：

"马上把这张东西印五万份，寄到全州各地的侦缉队和当铺去。"亚拉里克出去了。"哈，这半天总算没白说。并且我还得要一张白象的相片才行。"

我给了他一张。他端详了好一阵儿，说道：

"既然找不到更好的，只能拿这张将就一下了。但它把鼻子卷起来，塞在了嘴里，这未免太不凑巧了，肯定会让人产生误会的，因为它平时又不会把鼻子卷成这样。"他再次按下了铃。

"亚拉里克，你将这张照片打印出五万份来，明天早上先做这件事，把照片和那张说明书一同寄出。"

亚拉里克领命而去。督察长说：

"一定要悬赏才行。悬赏多少呢？"

"您认为多少合适呢？"

"第一步，嗯——先悬赏个两万五千元吧。这件事很棘手，小偷们有的是逃跑的路子和躲藏的机会哩。这些小偷的朋友和伙伴遍地都是——"

"您知道那些人是谁吗？"

他谨慎的面孔让我猜不透他在想什么，他随口说了一句：

"这个你就别管了。我们经常会从罪犯的作案手段、物品的尺寸等方面发现蛛丝马迹，并猜测罪犯的动机。你要知道，我们现在对付的不是一个普通的贼。这次被偷的并不是普通物品，不可能随随便便就被偷走。正如我之前所说，想要办这件案子，一定要跑很多个地点。罪犯们时时刻刻都在逃窜，并且把他们的行踪隐藏起来，要想抓到人难度极大。因此，按照现在的情形来看，虽然两万五千元作为悬赏来说有些少，但现在刚开始，我觉得还是可以的。"

于是我们商量好将这个数目作为初步的悬赏。然后，他继续说道：

"在侦探史里有些案子是根据他们的胃口方面的特点破案的。那么，这头象平时都吃些什么，吃多少呢？"这位先生显然对任何可以成为线索的事情都非常关注。

"啊，它什么都吃。人也吃，《圣经》也吃——人和《圣经》之间的东西，就没有它不吃的。"

"非常好，不过这句话说得太笼统了。一定要讲清楚。好的，我们先说人。每一顿——或者你根据每一天的量说也行——它要吃几个人呢？"

"它一顿要吃五个普通人。"

"很好，五个人，等我把这个记一下。那么它最爱吃哪些国家的人呢？"

"它对国籍不怎么在意。它特别爱吃熟人，但是生人也吃。"

"棒极了。我们再说说《圣经》吧。它一顿要吃几部《圣经》呢？"

"它能够吃下整整一版。"

"你要说得再清楚点。你指的是普通八开本，还是家庭用的插图本呢？"

"我想它不在乎有没有插图。也就是说，我觉得比起简单的文本来，它不会把插图看得更宝贵。"

"不，你没听懂我的话。我指的是本子的大小。大概每本普通八开本的《圣经》有两磅半重，而带插图的四开大本有十磅到十二磅重。按照带有讲究插图的多莱版《圣经》来算，它每顿能吃几本呢？"

"如果你认识这头象的话，你就问不出这些问题了。有多少它就能吃多少。"

"好吧，那么就按照钱数来计算。多莱版，那种俄国皮子包书角的，每本要一百元。"

"大概五万元的书才够它吃——一顿就算五百本吧。"

"好的，这倒是比较明确的一点。我记下来。很好，它爱吃人和《圣经》，这些都说清楚了。除此之外它还吃什么呢？"

"它会放下《圣经》去品尝砖头，它会放下砖头去吞瓶子，它会放下瓶子去啃衣服，它会放下衣服去咬猫儿，它会放下猫儿去吞牡蛎，它会放下牡蛎去吃火腿，它会放下火腿去品尝糖，它会放下糖去咬馅饼，它会放下馅饼去嚼洋芋，它会放下洋芋去吃糠皮，它会放下糠皮去啃干草，它会放下干草去品尝燕麦，它会放下燕麦去享用大米，因为它主要是吃这个长大的。除了欧洲奶油以外，几乎没有它不吃的东西。即便是奶油，它要是尝出了味道，那也会吃的。"

"非常好。它平常每顿的食量是……"

"噢，从四分之一吨到半吨之间，随便多少都可以。"

"那它平时喝……"

"除了欧洲的咖啡，但凡是液体的东西，没有它不喝的。"

"很好。它会喝多少呢？"

"你就写五至十五桶吧——它口渴的程度随时都在变，它的胃口在别的方面是没有变化的。"

"这些事情都很重要，为寻找它提供了非常有用的线索。"

他按了按铃。

"把柏恩斯队长找来吧，亚拉里克。"

柏恩斯来了，布伦特督察长向他说明了全部案情，一五一十地说得很详细。然后督察长用爽朗而果断的口吻说：

"柏恩斯队长，派琼斯、大卫、海尔赛、培兹、哈启特这几个侦探去追查这头象的下落吧。"

"是。"

"派摩西、达金、穆飞、罗杰士、达伯、希金斯和巴托罗缪这几个侦探去追查小偷的下落。"

"是。"

"在那头象被偷的地方安排一支三十人的卫队，还要三十个换班的，叫他们在那儿日夜严格守卫，没有我的书面手令，不准任何人进去——除了记者。"

"是。"

"在火车、轮船和码头仓库那些地方，还有由泽西城往外去的大路上安排一些便衣侦探，让他们仔细搜查每一个形迹可疑的人。"

"是。"

"给这些人发放那头象的照片和附带的说明书，告诉他们所有的火车、渡船和其他的船都需要仔细搜查。"

"是。"

"要是找到了象，就立刻将它捉住，然后打电报通知我。"

"是。"

"要是发现了任何线索，也要马上通知我——不管是白象的脚印，还是类似的别的踪迹。"

"是。"

"吩咐下去，让港口警察留意巡逻河边一带。"

"是。"

"尽快吩咐便衣侦探到各个铁路上去，向北一直到加拿大，向西一直到俄亥俄，向南一直到华盛顿。"

"是。"

"向每一个电报局都派出专家，让他们收听所有的电报，并要求电报局把每一份密码电报都译给他们看。"

"是。"

"所有事情都要秘密进行，绝对不能走漏消息。"

"是。"

"像往常一样准时向我报告。"

"是。"

"去吧！"

"是。"

他走了。

布伦特督察长沉默了片刻，然后恢复了镇定，转向我，平静地说道："我不爱说大话，我不习惯那样。不过，我们肯定能把大象找到的。"

我充满热情地与他握手，并向他表示感谢。随着对这位先生的进一步观察，我对他越来越喜欢，也对他所从事的那神秘而不可思议的职业感到羡慕和惊讶。晚上，我们暂时分别。当我回到住所时，我感到心情比去他的办公室时更加愉快。

二

第二天早上，报纸详细报道了盗窃案，并增添了新内容，包括侦探甲、侦探乙和侦探丙的推测。推测内容包括盗窃的手法、嫌疑犯身份以及赃物的去向。共有十一种推测，展示了侦探们独特的思考方式。这些推测各不相同，只在一个细节上，他们有着相同的见解。那就是即使我的房子锁着门，后面的墙壁被拆开了，但盗窃犯却不是从房后将白象牵走的，而是使用了另一个未被发现的出口。大家一致认为盗窃犯是故意破坏房屋，以混淆视听。这个细节可能会让外行人困惑，但无法蒙骗侦探们。十一种见解分别指向了三十七个不同的嫌犯。报纸最后引用了布伦特督察长的意见，认为他的意见最为重要。以下是报纸上的一部分陈述：

督察长早已知道"好汉"德飞和"红毛"麦克发登这两人是主犯。他在盗窃事件发生前的十天就察觉到有人准备行动，并一直秘密跟踪这两个臭名昭著的人。然而，令人遗憾的是，在事件发生的那个晚上，他们突然消失了，还没有来得及找到他们的下落，那头象就已经不见了。

德飞和麦克发登是这一行里最嚣张的匪徒，督察长有理由认为去年冬天侦缉总队丢了的火炉是被他们偷走的。就在那天夜里，督察长和在场的侦探们都被送往医生那里接受治疗了，有些人的脚被冻坏了，有些人则是手指、耳朵或其他部位被冻坏了。

当我读完这段话的前半部分时，我对这位督察长非凡的智慧比先前更加惊叹。他不仅对当前的情况具有极强的洞察力，甚至还能预见未来的事情。我很快就去了他的办公室，并告诉他，我认为他早该逮捕那两个人，以防止这场麻烦和所有的损失。可是，他的答复却十分简洁，而且不容置疑：

"预防犯罪在我们的责任范围以外。打击犯罪是我们的使命。我们不能在罪犯犯法以前就惩罚他们。"

我说我们第一步行动的秘密被报纸泄露了。我们目前掌握的所有事实，我们的计划和目的，甚至所有嫌疑人的名字都被公开了。他们肯定会进行伪装，甚至藏起来不再露面。

"随便他们。无论如何，他们都应该知道，如果我决心抓住他们，那我的手就会像命运的手一样，无论他们在多隐秘的地方，我都能抓到他们。在报纸上发表谈话是有必要的，因为名声对侦探至关重要。他必须发表自己掌握的事实和推测，以引起人们的尊敬。我们需要公布我们的计划，以避免得罪报社记者。我们还要经常告诉人们我们在做什么，否则他们会认为我们什么也没有做。与其让记者在报纸上讽刺我们，不如让他们称赞我们的聪明和非凡的推测。"

"这个道理我明白。不过，我在今天早上的报纸上看到，您不愿意谈谈您对某个小问题的看法。"

"是的，我们经常这样做，它很有用。因为我还不知道该怎么回答这个问题哩。"

我给了督察长相当多的钱作为临时开支，然后坐在座位上等待消息。现在我们随时准备接电报。我把报纸拿起来看了看，又看了看我们贴的传单，结果发现那两万五千元的悬赏金好像是专门为侦探们准备的。我说，我认为谁能抓住那头象，谁就应该得到奖励。督察长却说：

"总有一天，侦探们会发现这头大象的，不管怎么说，这头大象的奖励都会属于他们。如果有另一个人发现了这头大象，那么，他们一定是监视了侦探们的一举一动，从他们身上窃取了一些蛛丝马迹才做到的，这样的话，这些奖金归根结底还是属于侦探们的。这笔钱的真正目的，是激励那些为工作付出了自己的时间和精力的人，而不是奖励一个运气好的人，幸运儿只不过是偶然找到了一件被悬赏的物品，他既没有天赋，也没有努力。"

确实，他说得很对。就在这个时候，电报机突然响了起来，他接到了一条紧急消息：

发现线索。在附近农场发现成串足迹，甚深。向东追二英里，无所得，想必象已西去。现向该方向继续追踪。

　　　　纽约州，花站，上午7点30分，侦探达莱

"达莱是我们这一组中最有才干的一个，"督察长说，"我们很快就会收到他的新消息的。"

第二封电报又来了：

初至此。玻璃厂在夜间被破门盗窃，有八百个瓶子被吞。附近唯一水源在五英里外。必去此处查看。象一定渴了，它所吞的是空瓶。

　　　　新泽西，巴克镇，上午7点40分，侦探巴克

"巴克这也很有希望，"督察长说，"我跟你说过这家伙的胃口可以作为很好的线索吧。"

第三封电报是：

　　附近有一千草堆夜间失踪。想必被象吞吃。已有线索，继续追查。

　　　　长岛，台洛维尔，上午 8 点 15 分，侦探赫巴德

　　督察长说："你看，它在到处乱跑！我早就知道这个问题很棘手，但我们最终还是能够捉住它的。"

　　向西跟踪三英里。足迹大而深，轮廓不清晰。恰巧遇到一

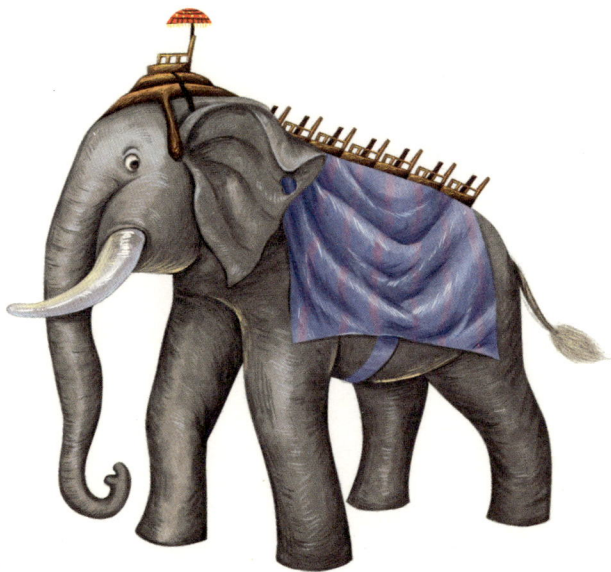

农民，据说这并非大象足印，是树坑。请指示。

　　　　　　　　　　纽约州，花站，上午9点，侦探达莱

"哈，这肯定是小偷的同伙！这下可有意思了。"督察长说。
他口授了下面这份向达莱发送的电报：

　　逮捕此人，逼供出同伙。继续追踪，如有需要，可追踪至
太平洋岸。

　　　　　　　　　　　　　　督察长布伦特

接下来的一封电报是：

　　煤气公司营业部夜间被闯入，有三个月未付款的煤气账单
被吞食。已找到线索，继续跟进。

　　　　　　　　　宾夕法尼亚州，康尼点，上午8点45分，侦探穆飞

"哦，天哪！"督察长说，"连煤气账单它都吃吗？"
"当然喽，可是这不能填饱肚子，得跟其他东西一起吃下去才行。"
此时又来了一封令人兴奋的电报：

　　刚到此地。村里一片惊慌。象在今晨5点经过此村。有人

说象向西去，一说向东，一说向南，一说向北——但众人皆说
未能仔细观察。象击杀一马，我割下一块残骸作为线索。象以
鼻子击毙此马，据观察，是从左边进行袭击的。以此马卧地姿
势判断，料想象已从柏克莱铁路向北前行。它已离开四个半小
时，我将立刻准备追捕。

　　　　　　纽约州，爱昂维尔，上午9点30分，侦探郝威士

　　欢呼声从我口中迸发而出，然而督察长却像一尊静静站立的雕像一
般毫不动容。他沉着地按下了按铃。

　　"亚拉里克，请柏恩斯队长过来。"

　　柏恩斯来了。

　　"有多少人可以马上出勤？"

　　"九十六人。"

　　"立刻将他们派到北边。集中在柏克莱铁路沿线爱昂维尔以北一带。"

　　"是。"

　　"叫他们秘密行动。另外，如果还有别人下班了，也叫他们马上准备
出勤。"

　　"是。"

　　"去吧。"

　　"是。"

　　随即又来了一封电报：

刚到此地。8点15分象经过此地。全镇人都已逃走，只留
下一名警察。象显然没打算袭击警察，而是想要攻击灯柱。但
两者都被它击中了。已从警察尸体上割下一块肉作为线索。

纽约州，赛治康诺尔，10点30分，侦探斯达谟

"原来象又往西边去了，"督察长说，"但是它逃不掉的，因为我派出
的人已经在那边分散开来了。"

下一封电报说：

刚到此地。全村人都已逃离，只剩下老弱病残。三刻钟前
象经过此处。反禁酒群众大会正在召开，象从窗口伸入鼻子，
自蓄水池中吸水，将众人冲散，数人被淹毙。侦探克洛斯与奥
少夫纳西曾经过此镇，但向南行，因此与象错过。周围数英里
地区的群众皆大惊失色，由家中逃出。不论逃向何处，皆能遇
上此象，多人丧命。

格洛华村，11点15分，侦探布朗特

我几乎要哭出来了，这场灾难对我来说是如此沉重。但是督察长只
是说：

"你瞧，我们一步一步地将它围住了。它察觉到我们的到来，于是转
向东方去了。"

但我们仍要面对更多令人头痛的消息。电报又带来了新的消息：

> 初到此地。半小时前象于此处路过，造成极度的恐慌与骚动。象在各条街道上横行——有两个装管工人路过，一人丧命，另一个侥幸逃脱。众人不胜惋惜。
>
> 荷根波，12点19分，侦探欧弗拉赫第

"现在，我们已经将它团团围住了，"督察长说，"它已经被侦探们困在那里了。"

从新泽西到宾夕法尼亚的侦探们陆续发来了一连串关于被毁坏的谷仓、工厂以及主日学校的藏书室的电报，他们在这些地点追踪着各种各样的线索。每个人都抱着一种近乎肯定的希望。督察长表示：

"我倒是很想和他们联络，希望他们能够向北方前进，可是那根本不可能。侦探一般都是到电报局给我发个电报，发完就直接走了，根本无法得知他们的行踪。"

接着又来了封电报：

> 巴南愿每年出资四千元，取得在此象身上张贴流动广告的特权，由目前至侦探寻获此象时为止。拟在象身张贴马戏团海报。盼望立即回复。
>
> 康涅狄克州，桥港，12点15分，侦探波格斯

我惊讶地说:"这太荒谬了!"

"这是肯定的,"督察长说,"巴南先生认为自己很聪明,但我已经把他看透了。"

于是他给这个急电口授以下回电:

　　谢绝巴南所提价格。价格需提至七千元,否则作罢。

　　　　　　　　　　　　　　　　　　　督察长布伦特

"你瞧。用不了多久就会有回复。巴南先生这会儿不在家,他在电报局——他处理生意时有这个习惯。不出三分钟……"

　　同意。

　　　　　　　　　　　　　　　　　　　巴南

电报机的声音打断了督察长的话。我还没来得及发表意见,忽然看见一封紧急电报:

　　象由南方来到此处,11点50分经此直奔森林。途中冲散了一支出殡队伍,有两人伤亡。居民向象发射几枚小炮后逃散。十分钟后,侦探柏克和我从北方赶到,但因误将若干地下土坑认为大象踪迹,耽误片刻,但最终获得大象踪迹,并追至森林。

我们于地上爬行，跟随大象足迹至丛林中。柏克在前。不幸象正停下休息，柏克垂头一心察看象踪，并未察觉象已在眼前，头已触碰其后腿。柏克立即站起，手握象尾，激动至极，"奖金应归……"话未说完，被象鼻击死。我转身逃离，象紧追不舍，一直跟到林边，速度惊人，亏得老天保佑，送葬队伍余下的几人又与象遭遇，使其目标转移。我刚刚得知，送葬者无一人生还。因死者多，将同时举行另一场葬礼。这时，象再次失踪。

　　　　　　纽约州，玻利维亚，12点50分，侦探慕尔隆尼

　　分派到其他地方的侦探们都在跟着有希望的新线索追寻，除了从他们那，我们始终没有得到任何消息，直到下午2点后，我们才接到这封电报：

　　象曾到过此地，身上贴满了马戏团广告，冲散了一场奋兴会，将众多改过自新者击毙。象被居民囚于栏中，有多人守卫。侦探布朗与我来到此处，我二人进入栏中持照片及说明书与此象进行对比。各项特征皆符合，仅有一项无法看清，即腋下疮疤。布朗为确认无误，匍匐至大象身下仔细查看，结果头部被击碎，虽然脑中空无一物。居民四下逃散，象亦奔逃，横冲直撞，使得多人伤亡。象虽逃离，但由于身受炮伤，沿途留下显著血迹，定能再次寻获。如今象已穿越茂林，向南方前进。

　　　　　　巴克斯特中心，2点15分，侦探布朗特

这是最后一封电报。晚上大雾四起，以致三英尺外的东西都无法看清。浓雾整夜都没有散。渡船停开，甚至连公共汽车也不得不停驶。

三

第二天早晨，报纸上仍然充斥着侦探们的各种猜测。我们的悲剧被详细报道，还有许多来自各地电报通讯员的消息。这些报道占据了一栏又一栏，甚至占据了整个版面的三分之一，再加上一些引人注目的标题，让我感到烦躁不安。这些标题通常具有以下色彩：

白象尚未捕获！它仍在四处行凶，到处闯祸！各处村民惊魂不定！逃避一空！在它身前开路的是白色恐怖，跟随在它身后的是死亡与糜烂！侦探尾随其后。粮仓被毁，工厂被劫，收成被吃光，群众集会被冲散，这一切都是无法形容的惨剧！侦缉队中最杰出的三十四位侦探的推测！督察长布伦特的推测！

督察长布伦特兴奋地表示这个案件非常了不起，这是所有侦探机关都从未遇到过的好运。这个案件将成为传世之作，布伦特的名字也将因此而传扬开来。

我感到非常沮丧，所有这些血案似乎都是由我所为，大象只不过是

我的一个不负责任的替身罢了。受害者的人数在迅速增长！它"在一个
地方干涉了选举，杀害了五个违法重复投票的选民"。接着，有两个倒
霉蛋，一个叫奥当诺休，一个叫麦克弗兰尼，他们"刚刚来到这个自诩
为被压迫者的避难所的国家，准备首次行使美国公民的投票权利，却遭
到这个邪恶的凶手的毒手而丧命"。在另一个地方，它"发现了一个疯
狂的传教士，正准备在下一季对舞蹈、戏剧和其他无法还击的事物进行
猛烈的抨击，结果它一脚将他踩死了"。又在另一个地方，它"杀害了
一个推销避雷针的经纪人"。受害者的人数在增加，鲜血的味道变得越
来越浓郁，悲剧也在变得越来越糟糕。到目前为止，共有六十人死亡，
二百四十人负伤，所有记载都在说侦探们的行动和热情，而结局总是说
"有三十万老百姓和四个侦探目睹了这个可怕的凶手，而其中有两个侦探
被它杀害了"。

　　电报再一次发出刺耳的声音，我一听就害怕得不行。一个又一个的
新闻接踵而至，但是每一个新闻都让我既高兴又失望。过了一会儿，我
看出来了，大象不见了。这片薄薄的雾气为它提供了绝佳的隐蔽场所，
使它再也不会被人发觉。从一些远得甚至有些荒谬的地方传来电报，上
面说，在某时某刻，人们在浓烟中看见了一个庞然大物，那"无疑是一
头大象"。在新港、新泽西、宾夕法尼亚、纽约州腹地、布鲁克林，还有
纽约市中心，人们都看到了那个模糊的庞然大物！可是转眼间它就不见
了踪影。这支实力很强的侦缉队伍向各地派出了许许多多的侦探，每一
个侦探都会及时汇报情况，然后根据自己找到的蛛丝马迹进行追踪。

然而一天过去了，一无所获。

第二日也是如此。

第三日依然如故。

报纸上的消息变得千篇一律，登载的各种事例毫无价值，各种线索毫无意义，各种推测几乎都是为了让人惊讶、高兴或迷惑而刻意编造的。

我按照督察长的建议，将奖金提高了一倍。

又度过了四天枯燥无味的日子。随后，那些可怜而努力工作的侦探们遭受了严重的挫折——报社记者们拒绝发表他们的猜测，并冷漠地表示："让我们休息休息吧。"

白象失踪两个星期后，我听从了督察长的意见，将奖金增加到七万五千元。这是一笔巨款，但我宁愿牺牲我的全部私人财产，也不愿失去政府对我的信任。现在报纸转而攻击侦探们，用最令人难堪的讽刺语言来嘲笑他们。一些滑稽演员们扮成侦探，在舞台上用荒谬可笑的方式追寻那头象。漫画家们画了一些画——侦探们举着望远镜向四处瞭望，而象却在他们背后，从他们口袋里偷苹果吃。他们还将侦探们佩戴的徽章画成各种滑稽的漫画形象——你一定见过那些侦探小说封面上印着的金色徽章——上面有一只睁大的眼睛，配有"我们永远不睡"几个字。当侦探们去酒店喝酒时，那些存心开玩笑的酒保会说出一句早已过时的问候："您喝杯醒眼酒好吗？"讽刺的气氛弥漫在空中。

但那位督察长却在这种氛围中始终保持着冷静和镇定，他的眼中没有沮丧，他始终坚定不移。他经常说：

"让他们去嘲笑吧，笑到最后的人才是真正的赢家。"

我对这位先生的敬佩变成了崇拜。我常常和他待在一起，尽管他的办公室已经成了一个让我不愉快的地方，而且这种情况一天比一天严重，但既然他能够适应，我也必须继续坚持——能坚持多久算多久。因此，我频繁地去找他，并长时间地停留在那里，仿佛我是唯一一个可以忍受这一切的局外人。没有人知道我是如何坚持下来的，有时我会生出一种无法抵挡的退缩的冲动，但只要看到他那沉着而无所谓的表情，我就能重新振作起来。

大约是在白象失踪三周后，当我正打算放弃时，那位伟大的侦探提出了一个绝妙的招数，阻止了我放弃的念头。

这个前所未有的方案就是与窃贼达成协议。尽管我曾与世界上最聪明的天才广泛接触过，但这位先生的想法真是独特。他相信出一笔十万元的资金与窃贼妥协，能让他们交出那头大象。我表示虽然我勉强能筹集到这笔钱，但那些可怜的侦探们已经非常努力地工作了，他们该怎么办呢？他说："妥协的话，他们照例也能获得一半奖金。"

因此，我唯一的反对理由被打消了，于是督察长撰写了两封信，其内容如下：

尊敬的夫人，只要您的丈夫立即与我会面，便能获得一笔巨款（并且确保完全不会涉及法律问题）。

督察长布伦特

他叫人把信分别寄到了"好汉"德飞和"红毛"麦克发登两个"不知道是真是假"的老婆手里。

一个钟头不到，就收到了这样两份粗鲁的答复：

你们这些傻瓜，"好汉"德飞早在两年前就去世了。

布利格·马汉尼

瞎子督察长——"红毛"麦克发登早在一年半前就被绞死了。随便一个傻瓜，只要不是侦探，都会知道这件事。

玛丽·奥胡里甘

"我早就猜到了，"督察长说，"这足以证明我的直觉是准确无误的。"

一个办法失败，他又想出了另一个办法。他马上拟了一则广告，准备刊登在晨报上，我把它抄了一份：

A.—xwblv.242 N. Tjnd—fz328wmlg. Ozpo,—; 2m! ogw. Mum

他说，如果小偷还在世的话，见到这则广告一定会去那经常约会的地点。他同时指出，那里曾经是一处侦探与犯罪分子的交涉场所。约定的时间是次日晚上十二时。

在那个时刻到来之前，我们不能采取任何行动，所以我迅速离开了办公室，并在内心非常庆幸有这个喘息的机会。

第二天夜里十一点，我将十万元现金交给督察长。片刻后，他告辞了，眼神中流露出他那一往直前、无所畏惧的神情。煎熬的一个钟头终于过去了，我听到他那令人期盼的脚步声，于是喘着气站起来，跑过去迎接他。他那明亮的眼睛中闪烁着自豪的光芒。他说：

"我们已经达成协议了！那些开玩笑的朋友明天将会改变他们的观点！跟着我来吧！"

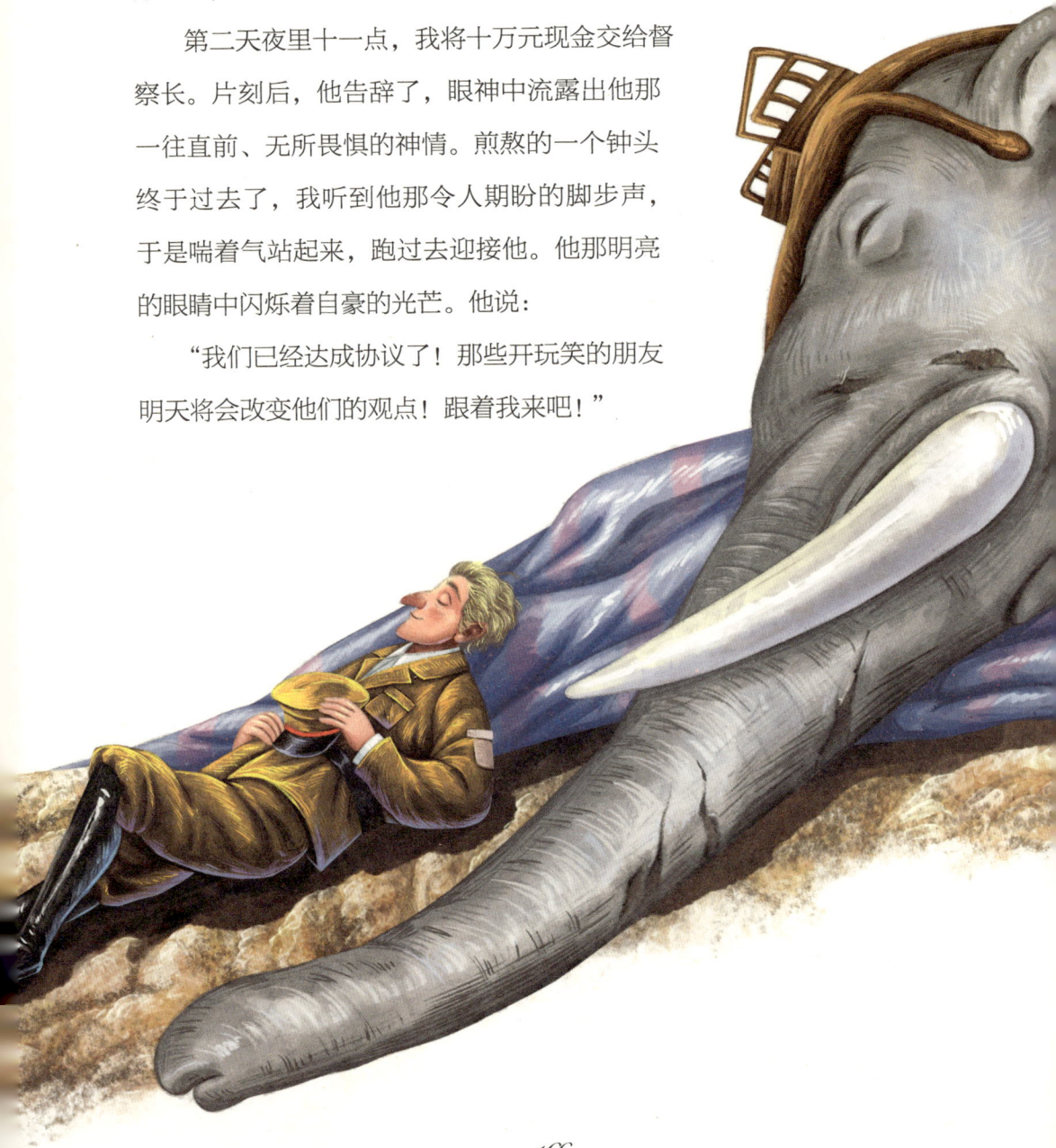

　　他手里拿着一根点着的蜡烛，迈开脚步，来到一个穹顶式的超大的地窖，地窖里平时住着六十名侦探，现在只有二十几个在那玩扑克牌消遣。我跟在他后面。他很快就走到了地下室最黑暗的那一头。在我觉得

167

胸口发闷，快要昏厥过去时，他忽然一个趔趄，跌坐在一个巨大的家伙张开的四肢上。我听见他在跌倒时大声喊着：

"这证明了我们这个高尚的行业是名副其实的。这就是你的大象！"

他们把我抬到楼上的一间办公室里，给我灌了一些石炭酸，让我恢复了神智。所有人都冲了进去，然后就是一片庆祝的声音，这可是我从来没见过的场面。他们将记者们请到自己的住处，然后将一筐筐的香槟放在桌上，大家互相握手道贺，气氛很是热烈。督察长就像是一个英雄，他靠着自己的忍耐、品德和勇气而快乐到了极点。我望着他，心里也很欢喜，虽然我现在像个无家可归的乞丐似的，身无分文，托付给我的无价之宝死了，我也失去了我在政府部门中的职位，但这都是由于我身上那种令人讨厌的老毛病，我对自己的职责不够认真负责造成的。所有的人都用崇拜的目光望着督察长，有几个人低声说："瞧，他真是个了不起的人物，什么事都能查出来。只要他能查到一点蛛丝马迹，就没有他找不到的东西。"奖金分配完毕，督察长把自己的一部分装在口袋里，然后简单地说了几句话。他在谈话中说道："好好享用这些奖金吧，各位，这些都是你们挣来的。这还不算完，你们还为我们的侦探事业赢得了不朽的荣誉。"

这时又来了一封电报，内容是：

三星期以来，首次遇到一个电报局。我跟随大象的踪迹，骑马穿过森林，已奔波一千英里，脚印日渐变深、变大，也愈发清晰。请别着急——不出一星期，一定能寻获那头大象。

密歇根，孟禄，上午 10 点，侦探达莱

督察长让侦探们对"全队中最机智的能手"达莱发出三声赞叹，并发出了一封回电，让他回来领取他的那笔奖金。

关于被盗大象的令人震惊的风波到此结束，翌日，报上除了一条毫无意义的新闻外，其他的都是赞美之词。该报写道："侦探真了不起！虽然他有整整三个礼拜——白天寻找一只走失的大象，而晚上却在大象的尸体旁过夜，但是，他终归是找到了大象——只要把象错放在那里的人，给他说明地点就行了！"

可怜的哈森永远地离我而去了。炮弹给它造成了致命的伤害，它静静地在雾中踏上了不幸的旅程；在敌人的包围下，它经常面临被发现的危险，它无法避免饥饿的煎熬，它渐渐消瘦，最终死神赐予了它永恒的安息。

我花了十万元进行最后的妥协，另外还要支付四万两千元给侦探。这次经历后，我再也不会想着向我本国政府申请职位了。我失去了所有的财产，成了一个贫穷的流浪者。然而，我始终认为那位先生是全世界空前伟大的侦探，我对他的敬仰至今未减，而且这种敬仰将伴随我一生。